U0627841

《阅读中华经典》编委会

宋诗

【阅读中华经典】

主编　傅璇琮
副主编　黄道京　马晓乐

郭敏厚　编著

不知天下雪，夜半忽梦醒，
只见窗户白，叫人心吃惊。
推窗向外望，雪厚一尺零，
有如皎皎月，照得三更明。
眼前草和木，长短皆晶莹，
远处丘与埂，高低一样平。
饥民寒更苦，但莫发怨声，
应先想一想，最苦是边兵！

泰山出版社

图书在版编目(CIP)数据

宋诗/傅璇琮主编. —济南:泰山出版社,
2007.4 (阅读中华经典)
ISBN 978-7-80634-587-0

Ⅰ.宋... Ⅱ.傅... Ⅲ.古典诗歌—作品集—中国—宋代—青少年读物 Ⅳ.I222.744

中国版本图书馆 CIP 数据核字(2006)第 138634 号

主　　编　傅璇琮
编　　著　郭敏厚
责任编辑　葛玉莹
装帧设计　胡大伟

阅读中华经典
宋诗

出　　版　泰山出版社
社　　址　济南市马鞍山路 58 号　邮编　250002
电　　话　总编室(0531)82023466
发行部(0531)82025510　82020455
网　　址　www.tscbs.com
电子信箱　tscbs@sohu.com
发　　行　新华书店经销
印　　刷　沂水沂河印刷有限公司
规　　格　150×228mm　16 开
印　　张　13.75
字　　数　110 千字
版　　次　2007 年 4 月第 1 版
印　　次　2015 年 12 月第 3 次印刷
标准书号　ISBN 978-7-80634-587-0
定　　价　19.50 元

序

傅璇琮

这套《阅读中华经典》，是打算将我国具有悠久历史而又绚烂多彩的古典文学作品系统地介绍给广大青少年，通过注释、今译和赏析，努力克服语言和文化知识方面的一些困难，让青少年能直接接触古典文学的精华，使他们从少年时代起就对我们伟大祖国的光辉文明有清晰的了解和深切的印象。

广大青少年在当前改革、开放的新时期中，思想非常活跃。他们迫切需要了解社会、了解自身，他们希望了解世界的历史和现状，更希望了解中国的历史和现状。中国是一个文明古国，又处在变化发展十分强烈的当今世界中，青少年一定会从现实的千变万化、五光十色中来探索我们民族过去走过的道路，想了解这个有数千年历史的传统文化怎样给现实以投影。我们觉得，在这当中，古典文学会首先引起他们的注意和兴趣。

据说，多年前，北京有一所工科学院，它的专业与唐诗宋词没有多大关系，但学校却为学生开设了一门唐诗宋词的选修课，结果产生了原来预想不到的效果。学生们读完了这门课程，激发了爱国心和民族自豪感。他们知道世界上除了托尔斯泰、雨果、海明威之外，在我国历史上早就有了屈原、李白、杜甫、陆游、辛弃疾等许多非常伟大的文学家，早就有了无数优秀文学作品。这就向我们启示：在古典文学界，除了专门论著之外，还应做大量的普及工作。我们应当力求用通俗、生动、准确、优美的文笔，向广大群众、广大青少年介绍我国丰富的文学遗产，介绍我国数千年的历史长河中涌现出来的众多优秀作家、艺术家，介绍我国古代作品中的精品，使他们懂得我们民族的文学中自有它的瑰宝，足可与世界各国的文学相媲美，使他们开阔眼界，增长见识，提高文化素养和审美趣味。这对于培育爱国主义思想，加强对祖国和民族的爱，提高道德情操，丰富精神文化生活，都会起很大的作用。列宁曾说过，只有用人类创造的全部知识财富来丰富自己的头脑，才能成为共产主义者。在一定的条件下，知识是可以转化成觉悟，转化成品格的。有着较高文化素养的人，对于正确与错误，高尚与卑鄙，善与恶，美与丑，更易于作出准确的价值选择。而文化素养中，文学是不可或缺的部分，它往往能在潜移默化、对世界美好事物的多方面领略和摄取中影响人的内心和精神面貌。这是文学的社会功能的特点，也可以说是它自己的规律，这是一种整体性的修养和培育。

这套《阅读中华经典》是我国古典文学启蒙读物，就是从上面所说的宗旨出发，一是介绍知识，二是提供对古典佳作的一种美的选择，美的品尝。如果广大读者特别是青少年能从中得到某些启发，从而有助于自身文化素养和情操的提高，就将是我们最大的满足。

这套读物是采取按时代编排的做法，远起上古神话，下及《诗经》、楚辞、先秦散文、秦汉辞赋、乐府古诗、唐诗宋词、元明清诗文及戏曲小说。这样成系统地类似于教材编写的做法，能否为大家接受？我们认为：第一，这是一次试验，我们想用这种大剂量的做法来试试我们处于新时期中青少年的胃口和消化能力；我们对他们的接受能力和审美水平有充分的信心。第二，我们采取既有系统而又分册出版的办法，在统一编排中照顾到一定的灵活性，读者可以根据自己的爱好，选择自己感兴趣的一部分阅读，不必受时代先后的束缚，兴趣有了提高，可以逐步扩大阅读范围。第三，广大教师和家长们一定能给予正确的指导。目前中小学语文课本中古典作品的分量不多，这套读物正好对此做必要的补充，青少年当可以在语文课之外获得更多的知识，而老师们和家长们的正确引导和指点，无疑会进一步消除阅读中的难点，从而提高阅读的兴趣。如果老师们和家长们能事先浏览，再进而做具体的帮助，则这套读物当更能发挥其系统化的优点。

对作品的注释，考虑到青少年读者的特点，将尽可能浅显，这是克服语言障碍的最基本一环。今译的目的，一是补充注释之不足，使读者对文意能有连贯的了解；二是增加阅读的兴味，使读者对原作的思想和艺术有一个整体的感受。另外，我们还尽可能帮助读者做一些分析，以有助于认识和欣赏作品的思想意义和艺术价值。同时，结合每一时期的文学发展和文体演变，我们还做了一些文学史知识介绍。这些介绍是想对学校教学因课时所限做若干辅助讲解，青少年如能对这些方面的知识有一个大致的掌握，对进一步了解古典文学的历史发展和不同风貌，一定会有较大帮助。

最后应当说明的是，参加这套读物选注工作的，大多是中青年作者。他们在繁忙的本职工作之余，从事于此，有时往往为找到一个词语的正确答案，跑图书馆翻书，找人请教，表现了认真负责的态度和普及文化知识的可贵热情。

另外，这套丛书能与广大青少年读者见面，是和泰山出版社的大力支持分不开的，他们为此付出了辛勤的劳动。在这里谨向他们表示深深的谢意！

前言

中国是个“诗国”。从《诗经》、《楚辞》开始，古典诗歌不断地得到丰富与提高，到唐代形成了一个波澜壮阔的高潮。而宋诗，则是在继承前代诗歌的基础上，又向前发展了一步。中国文化史上，一提到诗文，总是把“唐宋”并提，这说明宋诗和唐诗一样，都是我国古典诗歌史上的重要阶段。然而，比之唐诗，宋诗却有着自己的鲜明特色。这些特色，自然是由宋朝的特殊历史条件决定的。

（一）

宋诗更多地继承了我国古典文学中的现实主义创作精神这个优良传统，反映社会问题更加深刻而广泛，具体而细致。

960年，后周大将赵匡胤发动陈桥兵变，夺取政权，从而结束了晚唐、五代的混乱局面，建立了高度集权的专制主义帝国——宋朝。宋太祖吸取了唐末藩镇割据、王朝中央大权旁落的历史教训，把政权、军权和财权统统收归中央。这对于巩固宋王朝的统一，安定社会秩序，发展经济都起了一定的作用。在农业上，采取了废除苛捐、扶植农桑等一系列措施，使农业生产得到一定的恢复和发展。与此同时，手工业和商业也日趋兴旺、活跃，逐渐形成了一批如开封、成都、广州、杭州等繁华城市。

面对稍稍繁荣起来的经济，封建统治者志得意满。以杨亿等为首的贵族文人组成的“西昆派”风靡一时。他们主张“组织华丽，用事精确，对偶森严”，煞费苦心地搞文字游戏。彼此酬唱咏和，歌颂太平，粉饰现实。晚唐五代那种唯美主义的浮靡诗风，死灰复燃。一时风靡宋初诗坛。但是，这股诗歌逆流，在宋代诗坛始终没有站稳脚跟，更不要说占据主导地位。因为，他们的倒行逆施，毕竟掩盖不了宋代社会日趋尖锐的阶级矛盾。经过柳开、王禹偁、欧阳修、王安石等代表中小地主阶级利益的诗人们的长期斗争，终于荡尽了“西昆派”的余孽，使现实主义创作精神在宋代诗坛大放异彩。

宋初统治者所采取的加强中央集权的措施，对于巩固统一、安定社会曾起过一定作用，但却由此而造成了更加尖锐的阶级对立，加深了社会危机，使北宋王朝很快出现了“积弱积贫”、民怨沸腾的局面。一些比较接近人民、富有正义感，而又较多地接受了前代文化传统中民主性成分的诗人，面对这样的现实，写下了大量针砭时弊、同情人民的现实主义优秀诗篇。

王禹偁“世为农家”，出身寒苦。他鄙弃唐末以来的浮艳文风，最早提出学习杜甫、白居易的现实主义诗歌传统，写下了许多反映人民疾苦的“新乐府”式的诗篇。反映饥民因荒旱逃亡在外受尽冻馁、折磨的《感流亡》，就是这类诗歌的代表作。他的诗篇语言平易雅淡，风格质直晓畅，给宋初文坛带进了一股清新之风。欧阳修是宋代诗文革新运动的领袖。他重视诗文要反映现实，反对“务高言而鲜事实”(《与张秀才第二书》)。虽然他的主要成就在散文方面，但其诗歌也能反映当时人民生活的痛苦，具有一定的社会意义，梅尧臣和苏舜钦是欧阳修的有力支持者。梅尧臣主张诗歌“因事有所激”，必须写实。他的诗内容广泛，有的揭露残酷的剥削压迫，有的谴责统治者抵抗外侮的无能，有的勉励做官者实施仁政，具有较高的人民性和现实意义。苏舜钦敢于痛陈时弊。他在《吴越大旱》一诗中指出，天灾人祸密不可分，都是宋代统治者"暴敛"、"籍兵"造成的！王安石是北宋杰出的政治家，在政治上他想推行新法，达到富国强兵。在文学上，他坚持文"务为有补于世"(《上人书》)，对刻意雕镂的"西昆派"深恶痛绝。他的诗涉及生活面广，提出了许多重大而尖锐的社会问题，深刻反映了宋代国势的积弱和内政的腐败。如《河北民》，就触及到宋代沉重的民族压迫和阶级压迫，反映了作者希图通过变法达到唐代"贞观"盛世那种富国强兵的太平景象。苏轼虽与王安石政见不合，政治上趋于保守，但他不同于顽固派司马光，对新法并不一概抹煞。他终身从政，重视文学的社会作用，主张"诗人之义，托事以讽，庶几有补于国。"(苏辙《东坡先生墓志铭》)他的这一主张，在创作中得到了实践，写下了不少抨击时政、反映人民疾苦的好作品。像反映吴中一带人民生活悲惨情景的《吴中田妇叹》，揭露催租罪恶的《禽言》等。到了南宋，随着阶级对立、民族矛盾的日趋尖锐，现实主义创作精神更加高涨。像当时抨击弊政的著名人物洪咨夔所写的《狐鼠》，把贪官污吏比做狐鼠、虎蛇，揭穿了他们狡诈狠毒的本质。"也许宋代一切讥刺朝政的诗里，要算这一首骂得最淋漓痛快，概括周全。"(钱钟书《宋诗选注》)

总之，宋代诗歌中的现实主义传统之所以比前代更加深刻，其原因在于宋代国势积弱，没有汉唐强大；宋代的官僚机构臃肿，官员名目繁多；辽国、西夏不断侵犯，民族矛盾尖锐。因此，内忧外患，使人民负担之重，痛苦之深，超过了以前任何朝代。有良知的诗人，就只能借助现实主义创作精神，通过作品加以反映。只有这样的作品，才能与时代合拍，受到人民的欢迎。否则，就会被时代遗弃、淘汰。"西昆派"的消亡，说明了这个道理。北宋后期，以黄庭坚为代表的"资书以为诗"、专门讲究技巧和文字雕琢的“江西诗派”，虽然一时势力很大，但后来成员却日益分化，不少人也调转笔头，去写反映有关国事和民生的诗等，同样也说明了这一道理。

至于我国古典诗文中从屈原《离骚》以来的浪漫主义创作精神的优秀传统，宋诗也有所继承。例如苏轼的一些诗篇，常常采用奇特的想象、出人意料的夸张和多种多样的比喻，富有浪漫主义的瑰丽色彩。“他是宋代的李白，后人亦称为‘坡仙’。”（金性尧《宋诗三百首》）王令的《暑旱苦热》，同样想象奇特丰富，气魄恢宏阔大。钱钟书先生赞扬他“大约是宋代气魄最阔大的诗人”。但由于宋代社会动荡不安，政治迫害严重，诗人们的心灵上都程度不同地蒙着一层灰暗消极的尘埃，诗歌情调大都深幽沉郁，很少有人唱出像唐代李白那样开朗俊健、高华豪放的积极浪漫主义诗章。

（二）

宋诗在内容上，慨叹国耻国难之作远远多于前代，爱国主义精神分外高昂。

赵匡胤统一了中国，但宋朝的版图，根本无法与武功显赫的汉、唐王朝相比。汉唐都扩大了前朝的疆土，而宋朝统治者却没有“四方之志”，连石敬瑭割让出去的燕云十六州（今河北、山西的北部）都没有收回，依然让辽国占有。从宋代开国起，有识之士对此心中就不无遗憾。虽然也有个别如柳开《塞上》那样歌颂兄弟民族、显示宋初泱泱大国风度的诗篇，但毕竟如凤毛麟角，少得可怜。面对北方辽、西夏、金的不断侵扰，宋王朝无力抵抗，一再忍辱求和，越来越显得卑逊：先是“奉之如骄子”，继而“敬之如长兄”，终于“事之如君父”。（杨慎《太史升庵全集》）尖锐的民族矛盾，震撼着诗人的心灵。早在北宋时期，就有许多诗篇，表现出深沉的爱国忧国情绪。前述王安石《河北民》即是其中之一。到了1127年靖康之变，北宋终于为金所灭。此后南宋一百五十年间，悲壮的爱国之音几乎成了这一时期诗歌的主旋律。这种现象，在汉唐诗歌中几乎是没有的。

南宋统治者只顾忍辱偷安，偏安杭州，过起了骄奢淫逸、醉生梦死的生活，根本不思收复北方失土。相反，他们重用秦桧等误国奸贼，罢斥屠杀爱国名将，向金人屈膝求和。目睹这种现状，爱国志士无不满腔悲愤。过去一些曾经受过"江西派"影响的诗人，也走出单纯追求艺术技巧之宫，开始面对现实，写下了一些感时伤乱、抒发爱国情思的作品。如陈与义的《牡丹》，抒发了自己流亡清墩溪畔思念故国汴京的深痛之情。刘子翚的《汴京纪事》，犹如一幅历史画卷，以靖康之耻为轴心，展现了发生于汴京的众多历史事件的风貌。在南宋前期的爱国诗章中，著名抗金英雄岳飞、宗泽、李纲的爱国诗篇，奏出了时代的最强音，起到了鼓舞人心、激励斗志的积极作用。宗泽的《早发》，描述了自己统帅大军清晨出发时的整肃威武和消灭金兵的必胜信念。岳飞的《池州翠微亭》，则更表现了一个爱国将领在戎马倥偬之际，对祖国"好水好山看不足"的依恋之情。南宋最伟大的爱国主义诗人，当推陆游。他一生热爱祖国，同情人民，积极参与抗金斗争。在他现存的九千余首诗中，以反对妥协投降，力主收复失土、统一祖国以及慨叹自己生不逢时、才无所用、壮志难酬为内容的诗篇占了相当大的部分。直到临终时，还写下了"王师北定中原日，家祭无忘告乃翁"的《示儿》诗，表现了他对国家、民族一往情深、九死不悔的精神！与陆游同时的著名诗人杨万里、范成大，虽然他们各自在写景诗、田园诗方面取得了突破性的成就，但是他们的诗歌内容并没有离开南宋时期爱国主义这一主旋律。杨万里的《初入淮河》，范成大的《州桥》、《翠楼》都表现了中原失地人民思归南宋、盼望南宋军队解救他们出水火的急切之情。

随着蒙古军队的大举南下，南宋王朝岌岌可危。德祐二年(1276)二月五日，南宋正式降元，宣告灭亡。这一时期，宋诗中的爱国主义情绪更加高涨。民族英雄文天祥的诗篇，堪称南宋后期爱国诗歌的代表作。他的一生，是挽救民族危亡的一生。他在被元兵押解过零丁洋时所写的《过零丁洋》，气势磅礴，情调高昂，表现了他那松贞霜洁的民族气节和舍身取义的生死观。"人生自古谁无死，留取丹心照汗青"成为历史上千古不朽的壮歌，曾经激励过后世无数志士仁人为正义事业而英勇献身。此外，如郑思肖、汪元量、谢翱、谢枋得等，都在国亡家破之际，写下了一些表现故国之思、山河之恸的好诗篇。

南宋是一个动荡苦难的历史时代。这个时代为爱国主义诗篇的产生提供了广阔的天地。但这并不是说，所有生活在这个时代的文人都能自然而然地写出爱国诗篇。南宋后期，以下层失意文人如徐玑、徐照、翁卷、赵师秀等"永嘉四灵"为代表的"江湖派"诗人，有的人不敢面对国难现实，躲进艺术之宫，竭力炼字琢句，写了不少枯窘贫薄、情调低沉的作品。这是南宋后期诗坛爱国主义主旋律中所夹杂的一小股沙哑的噪音，根本无伤整个爱国乐章之大局。因为"江湖派"中的诗人，并非全都如此。这个诗派中的名家戴复古、最大的诗人刘克庄，都能继承陆游的爱国主义传统，在血腥风雨、国难当头的岁月中，写下了一些讥讽南宋王朝屈辱求和、触物伤情的爱国主义诗篇。

(三)

宋诗在艺术上，散文化的倾向更加发展，使宋诗逐渐形成了平易深刻、细腻贴切、凝练自由、新巧泼辣的风格。

“以议论为诗”，借诗“言理”的倾向，唐代已露端倪。在杜甫、韩愈、白居易的诗篇中，都不同程度地有所反映。由于宋代国力衰弱，社会动荡不安，政治迫害严重，封建士大夫文人的心理，普遍“静弱而不雄强，向内收敛而不向外扩张，喜深微而不喜广阔。”（缪钺《论宋诗》）诗人为了适应自己更好表达复杂内心世界和社会矛盾的需要，更乐于借鉴唐代已出现的散文化方式的借诗“言理”。这点，从宋代诗人向唐诗的学习中即可看出一二。北宋前期的诗人，主要学习白居易、韩愈；北宋后期和南宋前期的诗人，主要学习杜甫；南宋后期的诗人，主要学习贾岛、姚合。经过学习、实践，终于形成了宋诗散文化的“以文为诗”。诗歌散文化的倾向，对于扫清宋初弥漫文坛的“西昆体”诗歌，促进宋诗走上比较健康的道路，以及最终形成宋诗的独特风格，的确起了积极作用。例如，宋代富有理趣的说理诗以及新鲜活泼的景物诗的形成，无不与散文化倾向在诗歌结构和造句方面的进一步出现有关。苏轼的《题西林壁》：“不识庐山真面目，只缘身在此山中”，把旧日抒情诗用惯的短小形式拈来，边写景，边议论，形象地道出了“当局者迷，旁观者清”这一哲理，耐人寻味。朱熹《观书有感》一诗能以写景这种“闲言语”进行“言理”，平易深刻，充满理趣。范成大的《四时田园杂兴》把唐代王维等人那种专事美化、粉饰农村，抒发个人闲情逸致的田园诗，拓宽到既能反映农民劳动生活面貌，又能反映农家忧虑苦难和抗争的新型田园诗。就形式看，他改变了唐代以前田园诗只采用古体，而代之以七言绝句形式，短小精悍，秀雅清婉。杨万里的《小池》等景物小诗，善于通过敏锐的观察、捕捉，用活脱脱的口语以及“古雅”的俗语，描绘出形形色色很难描绘的景物。使人读后感到情趣盎然，凝练自由，圆转而不费力，“活泼刺底人难及也”。（刘祁《归潜志》）从以上诗人及其作品，可以看到宋诗在艺术风格和表现手法上革旧创新之一斑。

但是也应指出，宋代“以文为诗”的出现，原因相当复杂，也给宋诗发展带来了很大消极影响。

“以文为诗”在宋代得以发展的原因，除前文所述的诗人为表现复杂内心世界和社会矛盾的需要这一点外，还有一个重要原因，就是诗歌乃至整个文学受到宋代“道学”或理学的影响。宋代的道学和文学可谓同出一源。他们都尊韩愈为始祖。但是，道学家一心只盯着韩愈“文道结合”中的“道”，却摒弃了韩愈讲“文”的传统。结果，使得道学家所写的“禅诗”，缺乏文采，苍白拙劣，板滞无聊。只有朱熹和他的老师刘子翚所写的诗，很少有“讲义语录”式的说教，称得上是个诗人。另一方面，宋代的文学家、诗人，都总是喜欢从“文道结合”中学习“道”，借诗进行说理说教。不但“以议论为诗”，而且作诗“言理不言情”。这样做的结果，文学家、诗人保存了韩愈讲“道”的传统。末流之弊，抒情少而言理多，忽视了形象思维的作用，充满了士大夫的书卷气味。唐诗中那种顺手即可拈来的情景交融、形象感人的优美诗篇，在宋诗中却不多见。

以上三点，算是对宋诗特点及成因的粗略介绍。最后，让我们借缪钺先生一段精辟论断作结：“就内容论，宋诗较唐诗更为广阔。就技巧论，宋诗较唐诗更为精细。然此中实各有利弊，故宋诗非能胜于唐诗，仅异于唐诗而已。”（《论宋诗》）

目录

塞上[1]

柳开

鸣骹直上一千尺[2]，天静无风声更干[3]。
碧眼胡儿三百骑[4]，尽提金勒向云看[5]。

讲一讲

柳开（947～1000），原名肩愈，字绍先（一作绍元），号东郊野夫；后更名开，字仲涂，号补亡先生。名字之意，在于以韩愈为榜样，以“开圣道之涂”为己任。大名（今属河北）人。进士出身。做过地方下级官吏，担任过朝中的言事官。他主张学习韩愈、柳宗元的散文，反对宋初的华靡文风，是宋代古文运动的倡导者。其诗仅存五六首，文字质朴，但大多枯燥生涩，缺乏感人之力。

① 塞（sài）上：塞北或塞外。题又作《塞上曲》。

② 鸣骹（xiāo）：响箭。

③ 天静：空中寂静无声。干：指声音清脆、响亮。

④ 碧眼胡儿：指蓝眼睛的北方少数民族士兵。骑（jì）：骑兵及其坐下的马。

⑤ 金勒：金色的带嚼口的马络头。

响箭一声长啸，刹那直上九重天，
天空无风多寂静，声音更显脆亮。
三百碧眼胡儿，飞马扬鞭战犹酣，
忽听箭声急勒战马，齐向云中看！

此诗为柳开的名作。短短四句，生动地描绘出一幅北方边塞少数民族健儿骑马射箭的威武画面，讴歌了他们的尚武精神。前两句主要从听觉上直写响箭升空的声威：干脆的箭声，划破了塞外大漠天空的静寂。后两句主要从视觉上反衬响箭声的声威：正在飞驰的三百碧眼骑士，突然被箭声吸引，齐勒马嚼，仰望天空。诗句至此戛然而止,但留给读者无穷想像:随着箭鸣,引出飞马被勒后的嘶鸣,在人耳边犹响;此刻骑士们的心里,对发出响箭的人该是何等的仰慕、敬佩!全诗声情俱美,在当时就被广为传颂。

柳枝词

郑文宝

亭亭画舸系春潭[①]，直到行人酒半酣[②]。
不管烟波与风雨，载将离恨过江南[③]。

郑文宝(952～1012)，字仲贤，宁化(今福建宁化)人。宋初负有盛名的诗人，司马光、欧阳修都对他有过赞赏。其文集已失传，从收集在宋人著作中的少数诗篇来看，其风格轻盈柔软，不脱晚唐五代格调。

① 亭亭：高高耸立的样子。画舸(gě)：绘有花纹或图案的船。系：拴着。

② 酣(hān)：酒喝到痛快之时。

③ 载将：载着。将，语助词，无义。离恨：离别时的遗憾。

高高的画船系在涨满春水的河边，
送行酒喝得半酣时船儿将要离岸。
它哪里会懂得，烟波风雨惹人惆怅，
满载着离愁别绪，无情地驶往江南。

这首诗描述了诗人送别友人时的依依不舍之情。古人有折柳赠别的风俗，但诗中却没明写柳，而是用动词“系”字暗扣“柳枝”题意。二是没有直写朋友间的惜别之情，而是用画舸的不凑人兴，偏在“行人”与送行朋友（包括诗人）饯行酒喝得尚未尽兴时就要起航；且又“不管烟波与风雨”，一个劲儿往江南疾驶的无情来反衬朋友之间的友情。三是没点明对远去“行人”的牵挂，而是用自然界的烟波、风雨，暗示了“行人”远去之后诗人的放心不下。此诗表现离恨委婉含蓄。诗人对乘船远去的友人的牵挂之情，尽在对那艘装饰华丽、却又不通人情的画船的埋怨之中。清人吴乔在论述“诗意大抵出侧面”这一问题时，即举此诗为证。他说：“人自别离，却怨画舸，”（《围炉诗话》）可谓一语破的。

畬田调[①]（二首）

王禹偁

（一）

大家齐力劚孱颜[②]，耳听田歌手莫闲[③]。
各愿种成千百索[④]，豆萁禾穗满青山[⑤]。

（二）

北山种了种南山，相助力耕岂有偏[⑥]？
愿得人间皆似我[⑦]，也应四海少荒田[⑧]。

王禹偁(chēng)(954～1001)，字元之，济州巨野(今山东巨野)人。出身寒微，史传“其家以磨面为生”。太平兴国八年(983)中进士，曾做过翰林学士等职。性格刚直耿介，对国事多所论奏，引起当政者不满，前后三次被贬商州(今陕西商州)、滁州(今安徽滁县)、黄州(今湖北黄冈)做地方官。一生比较了解民生疾苦。他大力倡导韩(愈)、柳(宗元)古文和白居易的现实主义诗歌传统，其诗文言之有物，语言平易雅淡，风格质直晓畅。他是北宋初期反对浮丽文风、倡导诗文革新的前驱。著有《小畜集》、《小畜外集》。

① 畬(shē)田:火种田。古代一种落后的耕田方式。春初先

砍烧山地树木，让灰变成肥料。待到雨后，趁墒播种。由于山地宽广，非一人所能种，所以种时主人要做好饭菜，约请乡邻，集体耕作。畲田调是反映山民刀耕火种的歌。原诗共五首，此选二首。

② 劚（zhǔ）：大锄。此处作动词，当“挖掘”讲。孱（chán）颜：山势险峻的样子。一说即“巉岩”，指高山。

③ 田歌：即畲田歌（调）。

④ 索：长绳叫索。此为丈量土地面积的单位。千百索，夸张开垦种植土地之多。作者原注：“山田不知畎（quǎn）亩（田地的亩数），但以百尺绳量之，曰：‘某家今年种得若干索’，以为田数。”

⑤ 豆萁（qí）：豆秸。禾穗（suì）：谷类结成的果实。这里用豆萁禾穗泛指各种农作物。

⑥ 岂有偏：哪能有一点偏心。

⑦ 皆似我：都像我们一样（齐力互助耕田）。

⑧ 四海：“四海之内”的简说。古人认为中国四周环海，故以“四海之内”指全中国，也泛指天下、全世界。

（一）

大伙一齐努力哟挖山田，
两耳听着山歌哟手别闲。
都盼着种好哟大片土地，
让豆秆禾穗哟长满青山。

（二）

北山种完哟再种南山，
相帮种田哟哪能心偏？
总愿人人哟都像我们，
天下处处哟就无荒田！

《畬田调》是诗人淳化二年（991 年）九月被贬为商州团练副使的第二年春天时所写。诗中描写了山民雨后抢墒互助播种的紧张欢乐气氛，赞美了他们诚心相助、毫无私心的淳厚品德和期望人人都如自己、勿让天下田园荒芜的美好愿望。反映了诗人被贬时，能深入百姓，关心农事，与人民在情感上的相通共鸣；同时也表现出作为地方亲民之官的诗人，对恢复宋初农业生产的关怀和重视。由于此诗是以垦田者的口吻所写，又成功地采用民歌口语，所以格调质朴清新，读来亲切感人。从艺术风格上看，该诗一反宋初沿袭晚唐五代以来的浮靡诗风，起到了力矫时弊的作用。

寒　食[1]

王禹偁

今年寒食在商山[2]，山里风光亦可怜[3]。
稚子就花拈蛱蝶[4]，人家依树系秋千[5]。
郊原晓绿初经雨[6]，巷陌春阴乍禁烟[7]。
副使官闲莫惆怅[8]，酒钱犹有撰碑钱[9]。

讲一讲

① 寒食：古代节日名。在清明节前一天（有说前两天）。这一天禁止生火，只吃冷东西，所以亦称“禁烟”。

② 商山：山名，在今陕西商县。宋时属商州，故此处以商山借代商州。

③ 可怜：可爱。

④ 稚子：小孩。就花：靠近花儿。拈蛱（jiá）蝶：捉蝴蝶。

⑤ 系：悬挂。

⑥ 郊原：城外的原野。

⑦ 巷陌（mò）：大街小巷。春阴：春天的树阴。乍：刚刚。

⑧ 副使：团练副使。本为管理一州军事的副长官，但在宋朝只是一种安排降职官员的闲职。莫惆怅：不要因为失意而哀伤。

⑨ 撰（zhuàn）碑钱：替人家撰写碑记、墓志等得来的酬金，

当时称之为“润笔”。撰，著述。

今年寒食节，我在商州的穷谷深山，
山里风光，不及汴京，却讨人喜欢。
小孩轻手轻脚，靠近花丛捕捉蝴蝶，
百姓因陋就简，借着树枝挂起秋千。
清晨郊原上，骤雨初晴到处一片绿，
街巷树阴下，炉火刚熄不见半缕烟。
团练副使无事可干，并不值得伤叹，
要想喝酒啊，囊中尚有几文润笔钱！

被贬商州，是诗人政治生涯中的第一次挫折。适逢寒食节，难免脑海中浮现起去年在京城汴梁时的热闹情景，心中免不了增添几分惆怅。但是诗人秉性刚直，心胸开阔，全不为政治上的寂寞所压倒，而是从心底盛赞节日时山城内外风光的可爱：捉蝶的顽童，树上的秋千，雨后郊原上的新绿，春阴里街巷的明净。诗人全心热爱着商州的风土人情，所以对自己屈居闲官、无事可做的遭遇也就不那么介意了。——只要平日能有点“润笔”钱买酒喝也就够安慰的了。全诗语调委婉平静，但却隐隐透露出一股对北宋王朝排挤忠良的愤激之情。

村 行

王禹偁

马穿山径菊初黄，信马悠悠野兴长[①]。
万壑有声含晚籁[②]，数峰无语立斜阳。
棠梨叶落胭脂色[③]，荞麦花开白雪香[④]。
何事吟余忽惆怅[⑤]，村桥原树似吾乡[⑥]！

讲一讲

① 信马：信，任，随着。信马，随马任意前行。悠悠：自由自在的样子。野兴长：野游的兴致很浓。

② 万壑（hè）：许许多多的山沟。晚籁（lài）：傍晚时因晚风回荡山沟里发出的声响。籁，本指孔穴里发出的声音。

③ 棠梨：落叶乔木，又叫杜梨、甘棠。其果似梨而小，可食，味酸涩。

④ 荞麦：粮食作物。一年生草木，花白或淡红，籽粒呈三棱卵圆形，可食。

⑤ 吟余：吟咏诗句之后。

⑥ 原树：原野上的树木。

译过来

马儿穿过山间小路，秋菊刚绽出金黄，
随马信步安闲自得，野游的兴致正旺。
傍晚的秋风中，千万条深沟发出声音，
落日的余晖下，伫立的山峰默无声响。
棠梨落尽了叶子，果实累累红如胭脂，
荞麦正开着花儿，一片雪白四处飘香。
为什么吟罢诗，心头感到失意、哀伤？
啊，原来这村桥原树，很像我的家乡！

诗人从淳化二年(991 年)九月贬谪商州,到淳化四年(993 年)四月离去,在商州过了"五百五十日"的谪居生活。团练副使本属闲职,所以诗人有暇野游,以排遣政治上的不快。诗人随马闲行,像一架活动的摄录机,先由下而上录下远处的声色:沟壑秋声,山峰余晖;再由上而下摄取眼前路边的近景:胭脂色的棠梨果,雪白且香的荞麦花。使读者从听觉、视觉、嗅觉三方面感受到了商州山乡秋天晚景之美。尽管诗人野兴极浓,但难免触景伤情,思念家乡。作为贬官,诗末流露出的这种怀乡之情,实在暗含着对政治上抱负难展、不如归去的慨叹!三、四两句是脍炙人口的名句:"有声"、"无语"相对,意趣无穷。

梅花

林逋

众芳摇落独暄妍[①]，占尽风情向小园[②]。
疏影横斜水清浅[③]，暗香浮动月黄昏[④]。
霜禽欲下先偷眼[⑤]，粉蝶如知合断魂[⑥]。
幸有微吟可相狎[⑦]，不须檀板共金尊[⑧]。

林逋(bū)(967～1028)，字君复，钱塘(今浙江杭州)人。中

年曾在淮河流域漫游，晚年隐居西湖孤山做处士（古时称有才德而隐居不做官者为“处士”），不娶妻室。其诗多吟咏西湖风光。他是当时“山林诗人”中的佼佼者。

① 众芳：百花。暄妍（xuān yán）：天气和暖，景物明媚。此处形容梅花美丽可爱。

② 风情：风采、神韵。向：对着。

③ 疏影：指梅枝疏朗的影子。

④ 暗香：指梅花清幽的香气。月黄昏：月色朦朦胧胧。

⑤ 霜禽：指寒冬的飞鸟。偷眼：偷着看。

⑥ 合断魂：应该是高兴得丢了魂。

⑦ 微吟：轻声地吟咏推敲诗句。相狎（xiá）：亲近它（梅花）。

⑧ 檀板：檀木制的拍板，歌唱时用以敲击节奏。金尊：珍贵的酒杯。

百花凋谢，只有你开得明丽鲜艳，
面对小园，人间风韵尽被你独占。
疏朗的梅枝，斜映着清浅的水面，
清幽的花香，在朦胧月色里弥漫。
飞鸟想落到枝上，先得偷看几眼，
蝴蝶若知花香，早乐得魂飞九天。
梅花啊，幸有诗声可以与你相伴，
庸俗的歌会酒宴，休想与你沾边。

诗人隐居西湖孤山，十分喜爱梅花、仙鹤，有“梅妻鹤子”之称。这首诗表面歌颂梅，实际上是对自己一生“弗趋荣利”、“趣向博远”、不肯做官的标榜。梅枝疏朗是他的风骨，幽香浮动是他的美名，微吟相伴是他的知交，不接近庸俗的酒宴歌会是他的节操。诗人鄙弃那些趋炎附势的“众芳”，尽情歌颂那“占尽风情”的寒梅，在污浊的封建社会里，这种思想情操无疑是有一定积极意义的。《四库全书总目》说：“其诗澄澹高逸，如其为人。”评价可谓中肯。

松

范仲淹

亭亭百尺栋梁身[1]，寂寞云根与涧滨[2]。
寒冒雪霜宁是病[3]，静期风月不须春[4]。
萧萧远韵和于乐[5]，密密清阴意在人[6]。
高节直心时勿伐[7]，千秋为石乃知神[8]。

讲一讲

范仲淹(989～1052),字希文,吴县(今江苏苏州)人,宋初著名的政治家、文学家。两岁丧父,家境贫寒,靠着刻苦自学,考中进士。他自幼“以天下国家为己任”。宋仁宗时,西夏屡犯边境,他出任陕西经略安抚副使(掌管陕西路军事、行政的副长官),治军有方,安边有法,迫使西夏请和。边境歌谣云:“军中有一范,西贼闻之惊破胆。”回朝后,任参知政事(副宰相),提出“择官长”、“厚农桑”、“减徭役”、“修武备”等十项革新政治主张,遭到权贵的强烈反对,被排挤出朝。他的“庆历新政”虽遭失败,但为后来的王安石变法作了先导。其诗歌爱国忧民,有较强的政治内容,同时也不乏浪漫主义的佳作。

① 亭亭:高耸的样子。

② 云根:云雾生根的地方,指山巅、悬崖绝壁。涧滨:涧溪之旁。

③ 宁是病:哪里是什么缺点。宁,岂。

④ 静期:静静地等候着。

⑤ 萧萧:形容风吹松树时发出的声音。远韵:和谐的声韵传得很远。和于乐:与乐声相合拍。

⑥ 清阴:清爽阴凉。意在人:意在为人们遮阴。

⑦ 高节直心:高尚的节操,正直的性格。时勿伐:不加砍伐。时,而。

⑧ 千秋为石:千年之后化而为石。乃知神:才能进一步知道松树的精神。

高高百尺哟，原来是栋梁之身，
不怕寂寞，扎根在山巅和涧滨。
严冬里顶霜冒雪，哪里是缺点，
静候着清风明月，无须盼阳春。
飒飒松涛，悦耳动听能合乐拍，
密密枝叶，一片清凉替人遮阴。
高尚正直，人们只要不加砍伐，
留待千年化为石，更知他精神。

这首诗热情赞颂了松树的高风亮节。它不择土壤，生长在云雾笼罩的山巅和幽谷小溪边；它傲霜凌雪，乐与清风明月做伴，用不着像花儿一样去迎候蜂吟蝶舞的春天。然而，它给予人的却是无私的奉献：远可以让人听到和谐悦耳的松涛声，近可以使人享受到清爽阴凉的大绿伞。难怪有良知的人都竭尽全力保护它，愿它千年之后化为磐石，把高尚的节操，正直的品格，流传万代。在我国古代诗文之中，咏松之作比比皆是，然而如范中淹以松象征“栋梁身”者，却不多见。只有像诗人这样“先天下之忧而忧，后天下之乐而乐”的“第一流人物”，才会发现青松那种“伟丈夫”的美德！文情质朴，诗如其人。

寓意[①]

晏　殊

油壁香车不再逢[②]，峡云无迹任西东[③]。
梨花院落溶溶月[④]，柳絮池塘淡淡风[⑤]。
几日寂寥伤酒后[⑥]，一番萧索禁烟中[⑦]。
鱼书欲寄何由达[⑧]？水远山长处处同[⑨]。

晏殊（991～1055），字同叔，抚州临川（今江西抚州）人。早慧，七岁能文。一生仕途顺达，官至同中书门下平章事兼枢密使（宰相），生活舒适空虚。其词负有盛名，但和其诗一样，艺术上讲究"意境"，风格温润秀洁，缺乏现实内容。

① 寓意：一作"无题"。诗中寄托有别的意思，不愿或不好在题目中直接点明。

② 油壁香车：车壁用油漆涂饰过，车内用香草薰过，是古代妇女乘坐的一种轻便车。

③ 峡云：指巫山（今湖北、四川两省之间）上的云彩。古代诗文中常以它借代恋爱中的女性一方。

④ 院落：庭院。溶溶：水盛的样子。此处形容如水的月光。

⑤ 柳絮：柳花。淡淡：形容春风的柔和。

⑥ 寂寥：寂寞、空虚。伤酒：为酒所伤，指喝得大醉。

⑦ 一番：一片。萧索：萧条冷落。禁烟：指寒食节时人们熄灭炉火，吃冷食。

⑧ 鱼书：古诗《饮马长城窟行》："客从远方来，遗我双鲤鱼；呼儿烹鲤鱼，中有尺素书。"杀了鲤鱼，腹中有书信。所以，古代诗文常以鱼书借指书信。此处含有秘密传递书信之意。何由达：怎么才能送到（女方手中）。

⑨ 山长：山高。处处同：指到处都一样（山高水远，阻隔得无法通音讯）。

她那华丽香艳的车儿，再也不曾相逢，
心上人犹如飘飘峡云，只好任她西东。
当初相见在庭院的梨树下，月光溶溶，
池塘边柳絮轻飘，风也显得柔和多情。
如今酩酊大醉，也难抵御分离的孤寂，
偏逢寒食无烟火，四周一片凋零清冷。
想偷偷给她捎封信，却怎么能够送到？
山又高，水又长，处处阻隔道路难通！

这首诗写的是一对青年男女一见钟情，而后分离不见的思念哀怨之苦。诗人采用委婉其辞的手法，巧妙地运用景物的暗示去表现这对情人当初邂逅相见时的愉悦多情和分离不遇时的

孤寂清冷。晏殊自己也说过："余每吟咏富贵，不言金玉锦绣，而唯其气象。若'梨花院落溶溶月，柳絮池塘淡淡风'之类是也。"（《青箱杂记》）"气象"，近似于"意境"，即诗人思想情感与他所描写的生活画面的和谐统一。仔细品味"梨花"和"柳絮"二句，读者自会从中体味出情人相恋之感情如梨花洁白、柳絮轻柔，似月光皎洁、春风和煦，多么和美！真正是"不着一字，尽得风流"（司空图《诗品》）。

村　豪[1]

梅尧臣

日击收田鼓[2]，时称大有年[3]。
滥倾新酿酒[4]，包载下江船[5]。
女髻银钗满[6]，童袍毳氎鲜[7]。
里胥休借问[8]，不信有官权！

梅尧臣(1002～1060)，字圣俞，宣城(今安徽宣城)人。北宋的现实主义诗人。做过地方官，后官至都官员外郎，曾参与编写《新唐书》。与欧阳修交往甚密，是北宋时期诗文革新运动的中坚人物。其诗关心人民疾苦，反映社会生活深刻，风格平淡，但略嫌酸涩。

① 村豪：乡村的土豪地主。

② 收田鼓：指秋收时，土豪地主派爪牙下乡打着鼓催逼佃户抓紧收庄稼。

③ 时称：时时说。大有年：大丰收年。有年，丰年。此句意为土豪的爪牙总是说："今年又是大丰收！"目的是制造舆论，要佃户多交租粮。

④ 滥倾：毫不吝惜地倒出来。新酿酒：刚刚酿造出来的酒。

⑤ 包载：专门(包船)运载(粮食)。下江船：顺长江而下的船只。

⑥ 髻(jì):头上的发髻。银钗:银子做的发钗。

⑦ 毳(cuì):毛细质软的兽皮。氎(dié):精细的绒布。

⑧ 里胥(xū):乡间小吏、公差。借问:此指“过问”。

狗腿子天天擂着大鼓,催逼佃户收秋田,
嘴里总是叫嚷着:哈,今年又是大丰年!
地主家深坛大瓮倾新酒,尽情开怀畅饮,
高价贩粮,长期包订了沿江而下的大船。
地主婆金银首饰插满头,令人眼花缭乱,
小少爷身穿皮袍绒衫,色泽无比鲜艳。
乡间小吏公差啊,你们可不要随便过问,
那些土豪地主啊,从来不相信你们有权!

这首诗看似不动声色地客观描述,实是入木三分地揭露了豪绅地主横行乡里、剥削百姓的嚣张气焰,猛吃海喝、穿裘戴金的寄生生活,以及包订船只,长途高价贩卖粮食的剥削者嘴脸。诗末“里胥休借问,不信有官权”,从本质上揭示出豪绅地主敢于如此横行霸道的根源:他们是一股顽固势力,北宋的地方官根本奈何他们不得!北宋仁宗时代,史家誉之为太平盛世,可诗人却能通过典型事例,一针见血地给以彻底否定。由此可以看出,诗人体恤百姓疾苦、敢于仗义执言的美德。诗风平淡朴实,简辣深刻;末句写得极为沉痛,近于杜甫。

戏答元珍[1]

欧阳修

春风疑不到天涯[2]，二月山城未见花。
残雪压枝犹有桔[3]，冻雷惊笋欲抽芽[4]。
夜闻归雁生乡思[5]，病入新年感物华[6]。
曾是洛阳花下客[7]，野芳虽晚不须嗟[8]。

讲一讲

欧阳修(1007～1072),字永叔,自号醉翁,又号六一居士。庐陵(今江西吉安)人。北宋著名的散文家、诗人。做过谏官、参知政事(副宰相),由于支持范仲淹改革弊政,正道直行,屡遭贬降。晚年政治上趋向消极,对王安石新法持淡漠、怀疑态度。他主张文章要切合实用,反对艳冶浮靡的文风,是北宋诗文革新运动的主将,他工于散文、诗词,在北宋文学史上,被誉为"一代文宗"。其诗能反映人民疾苦,语言浅明,直抒胸臆,风格自然疏畅。

① 戏答:朋友间相互开玩笑式的酬答诗,一般无拘无束,不那么客气庄重。因元珍给他写有《花时久雨》一诗,故诗人以此作答。元珍,丁宝臣的字,当时正在峡州做军事判官。

② 天涯:天边。此指诗人被贬之地峡州夷陵(今湖北宜昌)。

③ 犹有:还有。

④ 冻雷:春雷。由于春天尚寒,故称之。

⑤ 乡思:对家乡的思念。

⑥ 物华:美好的景物。

⑦ 洛阳花下客:天圣八年(1030)五月,欧阳修曾做过西京洛阳的留守推官(当时宋王朝在西京洛阳设有留守官,此职由洛阳知府兼任。推官是留守之下的属官,管理文籍,参谋意见)。北宋时,洛阳多花园,牡丹尤盛,故以"花下客"指代在洛阳做官的自己。

⑧ 野芳:野花。不须嗟:不必叹息。嗟,中古读音近"zā",押韵。

心中总疑惑：春风啊吹不到夷陵山洼，
已是早春二月，这里还未见一星鲜花。
残雪重压着绿枝，仍有蜜橘金光闪闪，
寒雷惊醒了大地，青笋嫩芽出土欲发。
北归雁叫，常使我彻夜难眠思念家乡，
疾病缠身，面对新春的景象寂苦交加。
忆往昔在洛阳，饱览过牡丹天姿国色，
而今山花迟开，也不值哀叹命运不佳！

景祐三年(1036 年)，欧阳修因支持范仲淹改革时政，被保守派谗言诬陷，贬为峡州夷陵县令。五月酷暑，离开汴京。因无马匹，绕长江水路几千里，抵达夷陵，已是初冬。这首诗写景寓情，抒写了他自己在病中度过新年、迎来山城新春的感受。尽管残桔呈黄，青笋抽芽，山城已露出早春的景象，但是这个偏僻的山地，比之有着"天下名园"的洛阳，却萧条异常。末尾两句，暗含着诗人借回想过去政治上的业绩，竭力宽慰自己不要为眼前的失利而叹息；但这种顾影自怜，更使人体味到诗人内心的痛苦。作者用"戏答"作题，实际上是以游戏文字掩饰自己政治上的失意之感。

别 滁[1]

欧阳修

花光浓烂柳轻明[2]，酌酒花前送我行[3]。
我亦且如常日醉[4]，莫教弦管作离声[5]。

① 别滁(chú)：告别滁州(今安徽滁县)。庆历五年(1045年)八月，保守势力诬陷欧阳修与甥女张氏有暧昧关系，朝廷革去了他的正言知制诰(负责草拟皇帝诏令的官)，贬为滁州知州。庆历八年(1048年)春，他又被朝廷调往扬州(今江苏扬州)任知州，从此告别了生活三载的滁州。

② 浓烂：形容花朵的光彩深而明亮。轻明：柳条轻盈，绿色鲜明。

③ 酌(zhuó)酒：斟酒。

④ 亦：此处表示语气减弱，相当于“只”。且：暂且，权且。常日醉：像往常那样的酒醉。欧阳修被贬滁州三年，施政简宽，放情诗酒，自号“醉翁”。

⑤ 莫教：不让。弦管：指能够弹吹的弦乐器和管乐器。作离声：奏出离别的曲调。

春花浓艳光闪闪，柳丝轻盈绿莹莹，
人们频频斟满酒，为我送行祝荣升。
我只是权装酒醉，像往日昏昏不醒，
为的是不让管弦乐队，奏出离别声。

这首诗不加遮掩地抒写了诗人离滁赴扬那一刻的淡泊情怀。滁州乃偏远山地，扬州属繁华重镇，诗人调任扬州，虽是知州同级，但仍带有升迁性质，送别的仪式自然是隆重热烈的。春花“浓烂”，柳丝轻明，显示出物随人欢的意境；送行的人，不管是挚友至交，还是趋炎附势之徒，莫不频频斟酒，好话说尽。一、二两句，写尽了此时的热闹气氛。然而，面对此景此情，诗人心绪如何？透过三、四句诗人那只是权装酒醉，怕听送别乐声的坦然自若态度，我们就会感受到诗人对有着“山水之乐”的滁州的依恋之心和对仕途升迁的淡漠之情。全诗明快朴实，读来十分感人。

览 照[①]

苏舜钦

铁面苍髯目有棱[②]，世间儿女见须惊[③]。
心曾许国终平虏[④]，命未逢时合退耕[⑤]。
不称好文亲翰墨[⑥]，自嗟多病足风情[⑦]。
一生肝胆如星斗[⑧]，嗟尔顽铜岂见明[⑨]！

苏舜钦（1008～1048），字子美，祖籍梓州铜山（今四川中江），自曾祖起，迁居开封。出生于具有文学传统的仕宦之家，中进士后，曾任县令、大理评事（协助管理刑法的官）、集贤殿校理（协助掌管秘书图籍等的官）等，为官敢于仗义执言，深得民心。因参与范仲淹的政治改革，遭受诬陷，36 岁那年，被削职为民。后隐居苏州，但仍以国事为虑。他是欧阳修诗文革新运动的积极支持者。其诗文敢于痛击时弊，具有强烈的政论性和战斗性；常以散文笔法做诗，境界阔大，风格豪放。

① 览照：在镜中观看自己的影像。

② 铁面：比喻公而无私。苍髯（rán）：两颊上黑色的长须。目有棱：目光炯炯，含有威光。

③ 世间儿女：指社会上劣绅黠吏之类的小人。苏舜钦在蒙

城（今属安徽）做官，刚上任，就放逐一巨豪，杖杀一黠吏，使为非作歹之徒心惊胆战。

④ 许国：答应以身报国。终平虏：为平虏而终，意为誓死消灭敌人。苏舜钦三十三岁时，曾上书皇帝，致信陕西经略安抚副使范仲淹，陈述抵御西夏之策。范的成功，与苏的正确意见是分不开的。

⑤ 合退耕：应该退隐种田。这是愤激之辞。此句指庆历四年（1044 年），御史中丞王拱辰，为阻挠“庆历新政”诬告苏舜钦，致使他被削职为民。

⑥ 不称（chèn）：称不上，不配。亲翰（hàn）墨：亲自动手写文章。翰：毛笔。

⑦ 自嗟：自己叹息自己。足风情：抱负、志向足够远大。

⑧ 肝胆：比喻真诚的心意。星斗：星的统称。此句比喻胸怀光明磊落。

⑨ 嗟尔：慨叹你。顽铜：无知的铜镜。古人以铜磨光做镜子。岂见（xiàn）明：怎能显现出（我心地的）光明磊落！

铁面无私胡须青，眼神炯炯露威情，
世间酷吏与劣绅，哪个见了不心惊！
曾经立志报国家，誓死歼敌保边境，
谁料命舛不逢时，偏该退隐把田耕。
诗文不配称佳作，亲弄笔墨从未停，
体弱多病常自叹，胸中抱负贯长虹。

一生忠诚人尽晓，灿如星斗照夜空，
叹你铜镜有何知，岂能照出我心胸！

这首七律是诗人遭受诬陷、被削职为民后写的。诗中描绘了一个逆境中的英雄形象。“铁面苍髯”，目含威光，世间群小，见之丧胆。虽然他被削职为民，退隐耕田，但仍念念不忘当年“许国”、“平虏”的雄心壮志。尾联诗人对无知铜镜的慨叹，实际上是对世间那些不理解自己的卑劣小人的强烈谴责。全诗慷慨激昂，流露出一股无法遏制的浩然正气，读之令人精神振奋。欧阳修评苏诗时说：“子美笔力豪隽，以超迈横绝为奇。”细味此诗，倍觉中肯。

淮中晚泊犊头[1]

苏舜钦

春阴垂野草青青[2]，时有幽花一树明[3]。
晚泊孤舟古祠下[4]，满川风雨看潮生[5]。

① 淮中：淮河中。泊：停船。犊(dú)头：淮河边上的小地名。

② 春阴：春天的阴云。垂野：形容阴云低低地笼罩着原野。

③ 幽花：从幽静昏暗的草丛中长出的花木。明：明丽夺目。

④ 古祠(cí)：古庙。

⑤ 满川：整个河川。潮生：春潮涨了起来。

阴云低垂，笼罩田野，两岸草青青，
偶有花树，探出草丛，眼前一片明。
夜幕降临，船儿独自停泊在古庙下，
霎时风雨满河川，凝望春潮排长空。

帮你读

这首诗描绘了诗人淮河行舟，晚泊古祠旁之所见。诗中没有直写诗人的感受，但读者却可以从中体会到诗人强烈的感受。前半写旅途风光，主色调暗中不时显现出“明”，使人感到虽在压抑之中，仍有希望之光闪烁；后半写“晚”的情景，“风雨”起，春潮涌，冲破了“孤舟古祠”的死寂。这虽是一首即兴小诗，写风光，写天气，实际却是在写政治。透过诗行所创造的氛围，我们可以感受到诗人被削职后心中虽愤懑不平，但报国壮志并未泯灭。

读长恨辞[①]

李　觏

蜀道如天夜雨淫[②]，乱铃声里倍沾襟[③]。
当时更有军中死[④]，自是君王不动心[⑤]。

李觏(gòu)(1009～1059)，字泰伯，南城(今江西南城)人。北宋哲学家、诗人，其诗受韩愈等人的影响，意境奇特，用字遣词喜欢标新立异，往往独具一格。

① 长恨辞：即白居易的《长恨歌》。诗中写了唐玄宗李隆基和他的贵妃杨玉环的爱情悲剧。虽对唐玄宗的荒淫误国有所讽刺和揭露，但对其爱情的悲剧结局却深表同情。

② 蜀道：从陕西通往四川的悬崖上，用木材架设的栈道。是安史之乱发生后，唐玄宗南逃入蜀之路。如天：形容山路之高。李白《蜀道难》："蜀道之难，难于上青天。"夜雨淫：夜雨下个不停。淫，过量。

③ 乱铃声：指沿途屋檐角下的挂铃被风吹动发出的声响。沾襟：指流泪。《长恨歌》有"行宫见月伤心色，夜雨闻铃肠断声。"

④ 军中死：指军中战死的士卒。

⑤ 自是：即使这样。君王：指李隆基。

栈道高高，如接天云，更逢夜雨倾盆，
风吹檐铃，勾起玄宗思妃情，泪沾襟。
战斗中，更有士卒尸如山，万千冤魂。
即使如此，有谁见皇帝为他们伤心！

白居易在叙事长诗《长恨歌》中，记叙了“马嵬（wéi）兵变”，卫队逼着唐玄宗李隆基勒死贵妃杨玉环，以“寒天下怨”的故事。着力描述了李隆基从入蜀到回长安后对杨玉环的痛苦思念。李觏读《长恨歌》，一眼看出了白居易世界观上的局限性，尖锐指出当时军中士卒战死千万，为什么李隆基却从不为他们动心！一个“倍沾襟”，一个“不动心”，对比之中显示出对皇帝谴责的分量。李觏作为思想家，一生对传统的儒家思想多有非议，在这首评史小诗中，他发前人所未发，表现出的人民性是难能可贵的。

河北民①

王安石

河北民，生近二边长苦辛②。

家家养子学耕织，输与官家事夷狄③。

今年大旱千里赤④，州县仍催给河役⑤。

老小相依来就南⑥，南人丰年自无食⑦。

悲愁天地白日昏，路旁过者无颜色⑧。

汝生不及贞观中⑨，斗粟数钱无兵戎⑩。

王安石(1021～1086)，字介甫，号半山，曾封荆国公，抚州临川(今江西抚州)人。北宋著名的政治家、文学家。二十一岁中进士，做过县令、知州等地方官，注意改革弊政，为民兴利。熙宁二年(1069年)，被神宗任命为参知政事，前后两度为相，进行了历史上有名的"熙宁变法"。但由于政治阻力深重，加之新政本身又先天不足，所以成效未获大著。晚年被迫罢相，隐居金陵钟山。他的作品紧密结合政治现实，战斗性强。其诗长于说理，精于修辞，议论较多。晚年退隐后所写的小诗，风格闲淡宁静，时称"王荆公体"。

① 河北民：黄河北边的老百姓。

② 二边：指宋朝邻近辽国、西夏的边界地区。长苦辛：长期受苦受难。

③ 输与：缴给。官家：皇帝，北宋人习惯用语。事：供奉。夷狄（yí dí）：古代汉人对少数民族轻蔑的称呼，此指辽和西夏。事夷狄，指宋赔以银、绢与辽国、西夏讲和。

④ 千里赤：广大地区一无所收。赤，空。

⑤ 给（jǐ）河役：出（治理黄河的）民工。给，供给。役，劳役。

⑥ 就南：到黄河南岸就食谋生。就，赴、去。

⑦ 南人：黄河南岸的人民。

⑧ 过者：过路的人。无颜色：脸上没有正常人的红润色。

⑨ 汝：你们。不及：未能赶上。贞观：唐太宗李世民的年号，即 627～649 年。当时农业丰收，边境无事，史称为唐帝国的太平盛世。

⑩ 斗粟（sù）数钱：史载，贞观年间长安斗米只值三四文钱。兵戎：战争。

黄河北岸老百姓，生来就没交好运，
北邻辽国与西夏，长年累月受苦辛。
农家儿女多勤劳，从小纺织与耕耘，
收得粮丝交皇帝，全被运出送敌人。
今年天下遭大旱，远近无收人断炊，
官府哪管河无汛，照催河工害人民。
百姓扶老又携幼，逃往南岸谋生存，

那知河南虽丰收，人民一样饿断魂。
边民愁苦放悲声，天地黑暗太阳昏，
路上来往尽灾民，面黄肌瘦无精神。
边民啊，你们生来没赶上贞观年份，
那时边境无战争，斗米才值三四文！

嘉祐四年（1059 年）春，王安石曾被召进汴京，奉命陪伴辽国使者返北。一路上行走十八天，目睹了边界百姓所受本民族统治者和异族统治者双层剥削的深重灾难，以关注和同情的笔触写下了这首诗。诗人采用转折累叠、渐次深入、对比寄慨等手法，写尽了河北边民的苦难：丰年粮食、布帛要供奉外族，偏偏今年遭天旱；今年天旱颗粒无收，偏偏官府催派河工不能免（天旱黄河无灾，治河只是残害百姓而已）；边民流离失所逃往河南岸去谋生，偏偏南岸丰收照样穷……哭声四起，天昏地暗，如此辗转流离，最终只能是死路一条！诗人不愧是大政治家，目光远大，明察秋毫。他那深刻的现实主义笔触，不仅涉及到阶级矛盾，而且也触及到民族矛盾。此诗是对北宋王朝对内凶狠强横、对外怯懦畏葸（xǐ）政策的愤怒控诉，当然也寄托着诗人通过变法改变宋朝积弱积贫的希望。诗风"沉郁顿挫"，接近杜甫。

鱼　儿

王安石

绕岸车鸣水欲干[①]，鱼儿相逐尚相欢[②]。

无人挈入沧江去[③]，汝死那知世界宽[④]！

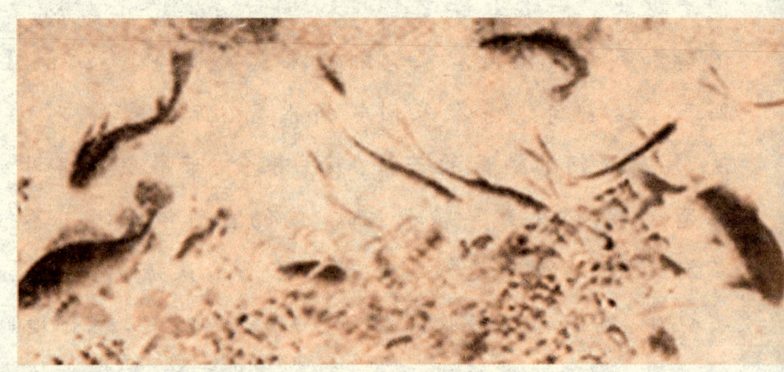

讲一讲

① 车鸣：水车抽水时发出的声响。

② 尚：尚且。

③ 挈(qiè)：用手提。沧江：大江。因其水深，呈青绿色，故称之。

④ 汝：你们，指鱼儿。那：即“哪”。

译过来

围绕堤岸，水车轰鸣，池水将枯干，
群鱼相互追赶，摇头摆尾尚且求欢。
没有人会带你们，去那绿色的大江，
你们死了，怎会知道世界那样广宽！

帮你读

这是一首讽喻诗。诗人将危机四伏的赵宋王朝比做将要被抽干的池水，将那些不顾国家安危、人民死活，一味追求个人欢乐的文臣武将比做即将涸死而仍相逐求欢的池鱼。诗人以辛辣的笔触预言，如果让那些误国的奸贼死光死净，世界将会变得更加美丽宽广！全诗体现了这位“中国十一世纪改革家”(列宁语)的胆识和气魄。

书湖阴先生壁[①]

王安石

茅檐长扫静无苔[②]，花木成畦手自栽[③]。
一水护田将绿绕[④]，两山排闼送青来[⑤]。

讲一讲

① 书湖阴先生壁：题在湖阴先生墙上的诗。湖阴先生，是杨德逢的号。他是诗人隐居金陵（今江苏南京）钟山时的邻居和好友。

② 茅檐：指茅屋檐下的院落。长：时常。静：即“净”。

③ 畦（qí）：用土埂把田园分成方形的小块。

④ 护田：围护着田禾。《汉书·西域传序》：“自敦煌西至盐泽，往往起亭，而轮台、渠犁，皆有田卒数百人，置使者校尉领护。”

讲的是校尉领护营田的事。前人认为诗中"护田"即用此典故。

⑤ 排闼(tà):推开门。《汉书·樊哙传》:"哙乃排闼直入。"闼,宫中小门。

茅檐之下,时常打扫,净得不长青苔,
各类花木,分畦争艳,全是主人亲栽。
一条小溪护卫稻苗,将绿水环绕田边,
两座大山推开房门,把青色送进屋来。

王安石隐居钟山后,写了大量的登山临水览胜之作,艺术技巧极高,风格"雅丽精绝,脱去流俗"(《苕溪渔隐丛话》)。这首题给邻居的小诗,盛赞了邻人朴实勤劳、清静脱俗的高洁品格,足见作者与湖阴先生在品德、情趣上颇有相通之处。三、四两句堪称运用修辞技巧的典范。一是两句对偶尤工;二是把水、山拟人化,赋予了人的"护"、"推"动作;三是引用了《汉书》中的"护田"、"排闼"两个词语,形成"史对史"、"汉人语对汉人语",增加了对偶的难度。此处引用虽属暗引,但若不知出处,也不妨碍阅读,无艰深之感。两句中成功地套用了对偶、拟人、引用三个修辞格,却"用事不使人觉,若胸臆语"。可见其文学修养高超之一斑。

暑旱苦热

王　令

清风无力屠得热[①]，落日着翅飞上山[②]。

人固已惧江海竭[③]，天岂不惜河汉干[④]？

昆仑之高有积雪[⑤]，蓬莱之远常遗寒[⑥]。

不能手提天下往[⑦]，何忍身去游其间[⑧]！

讲一讲

王令(1032～1059)，字逢原，江都(今江苏江都)人。家境贫寒，五岁之前，双亲相继去世，寄人篱下。一生当塾师，不应科举，不入仕途。他身居草野，却有改革政治之志，深得挚友王安石的器重赏识。但贫病交加，不幸早逝。其诗充满愤世、济世之情，能揭露社会矛盾，反映民生疾苦；气魄恢弘，不同凡俗，“大约是宋代里气概最阔大的诗人”(钱钟书《宋诗选注》)。

① 屠：杀。此意为“消除”。

② 着翅：长上翅膀。全句意为，落山的太阳好像长了翅膀，又回头飞上山，总是不愿落下去。

③ 固：固然。竭：枯干。

④ 惜：吝惜。河汉：银河。

⑤ 昆仑：昆仑山。我国西部最大的山脉，因为很高，山上积雪终年不化。

⑥ 蓬莱：神话传说中的东方大海中的仙山。遗：保留。

⑦ 手提：夸张语，意为“带领”。

⑧ 身：只身一人。其间：指昆仑、蓬莱。

译过来

微弱的清风，根本无力去刹住酷热，
西下的红日，好像插翅又飞回山巅。
老百姓固然担心，江海之水变枯竭，
老天爷怎不吝惜，普降甘雨银河干！
西方昆仑入云天，终年积雪永不断，
东海蓬莱路漫漫，神仙世界清风寒。
常恨已，不能带领普天下人一同去，
怎忍心，只身一人消热避暑到其间！

帮你读

“穷则独善其身，达则兼济天下。”这几乎是中国封建知识分子处身立命的信条，但王令则不然。他一生身处厄境，雄才难展，却从不采取“独善其身”的消极态度。他曾以布衣身份，与王安石商议国事，总是以天下为己任。这首诗写酷暑极热，中原百姓处于火热之中，虽有昆仑高寒，蓬莱清风，可诗人想到的却是若不能亲携天下受苦人共往，自己绝不一人去名山仙岛独享清凉。通过浪漫主义和夸张想像，形象地表达了自己“治国平天下”的理想和“环球同此凉热”的宽阔胸襟。王安石曾称赞诗人是可与自己“共功业于天下”的人，绝非过誉之辞。全诗想像之奇特丰富，气魄之恢弘阔大，在宋代诗坛上亦属罕见。

送 春

王 令

三月残花落更开[①]，小檐日日燕飞来。

子规夜半犹啼血[②]，不信东风唤不回[③]。

① 残花：将要凋败的花。更（gèng）：又，再。

② 子规：杜鹃。犹：还。啼血：形容叫声之悲苦。杜鹃春夏时鸣叫不止，以至口中滴血。其实是它啼叫时，红舌头伸出口外，给人造成的错觉。

③ 东风：春风，此指春光。

暮春三月，残枝败叶上花儿落了又重开，
低矮的屋檐下边，紫燕天天飞去又飞来。
午夜时分，子规还在啼血悲歌声声呼叫，
它啊，从不相信，飞逝的春光不能唤回。

鲁迅先生说过，喷泉里流出来的是水，血管里流出来的是血。在有着远大政治抱负的王令笔下，对将逝的春天没有叹息，没有悲伤，反而认为“花落更开”、“燕飞来”的暮春并不减早春之明媚可爱。诗里的子规，深夜啼叫，滴血不已，仍执著地要把早逝的春光唤回。子规，不正是诗人那不畏贫困，不惧厄境，一心要用自己的努力唤回春天的崇高形象吗？这首七绝，名为“送春”，实为“惜春”、“唤春”，读之使人感到有志者青春常在。全诗寓情于景，立意新奇，不同凡响。

吴中田妇叹和贾收韵[①]

苏　轼

今年粳稻熟苦迟[②]，庶见霜风来几时[③]。
霜风来时雨如泻，杷头出菌镰生衣[④]。
眼枯泪尽雨不尽，忍见黄穗卧青泥！
茆苫一月垄上宿[⑤]，天晴获稻随车归[⑥]。
汗流肩赪载入市[⑦]，价贱乞与如糠粞[⑧]。
卖牛纳税拆屋炊[⑨]，虑浅不及明年饥[⑩]。
官今要钱不要米[⑪]，西北万里招羌儿[⑫]。
龚黄满朝人更苦[⑬]，不如却作河伯妇[⑭]！

苏轼（1037～1101），字子瞻，号东坡居士，眉山（今四川眉山）人。二十一岁中进士，有改革现状的愿望、计策，但比之王安石的变法，却属保守，因此与王之间存在分歧。宋神宗时，新党执政，他两次上书反对变法，被调任杭州通判（地位略次于州长官，但掌有讼事、监察等实权），又转任密（今山东诸城）、徐（今江苏徐州）、湖（今浙江吴兴）三州知州（州行政长官）。之后，又因其诗讽刺新法被贬为黄州（今湖北黄冈）团练副使。宋哲宗初，旧党执政，被召还为翰林学士，能重用贤才，但却受到旧党嫉恨，又被排挤外出做州官五年。后来，新党再度当权，他又先后被贬到岭南的惠州和海南的琼州。宋徽宗时遇赦北归，死在常州。他做地方官时，尽心职守，关心人民，做过不少好事。他是宋代最伟大的文人，散文、诗、词都有极高的成就，在文学史上影响十分广泛。其诗取材宽广，立意新颖，想像丰富，比喻巧妙，风格雄健奔放，晚年趋于简淡自然。

① 吴中：今江浙一带。因系春秋时吴国地，亦称“吴中”。和贾收韵：依照贾收诗的韵脚写的诗。贾收，字耕老，吴兴（今浙江吴兴）人。是苏轼的好友，造过“怀苏亭”，写过《怀苏集》。

② 粳（jīng）稻：稻的一种。米粒短而粗，黏性不及糯（nuò）稻。熟苦迟：为迟熟而发愁。

③ 庶见：幸好遇上。霜风：指代秋天。来几时：没多长时间就到了。全句意指，秋天到了，稻子成熟有望了。

④ 杷（pá）头：农家耙疏田地的工具，有齿，铁制、木制均有。衣：指铁锈尘泥之类。

⑤ 茆苫（máo shàn）：用茅草编成的草苫子搭个茅棚。茆，茅草。苫，动词，用草苫子等遮盖物体。

⑥ 获稻：收割稻子。

⑦ 赪（chēng）：赤红色。

⑧ 乞与：乞求着卖给人。与，给予，卖给。粞（xī）：碎米。

⑨ 拆屋炊：为炊拆屋。意为拆卖房屋上的椽瓦，换粮糊口。

⑩ 虑浅：只考虑当前（生活）。不及：（想）不到。

⑪ 要钱不要米：熙宁变法后，官府规定赋税要钱不要米。

⑫ 招羌儿：招抚羌族。宋神宗欲灭西夏，便采用王韶的计策，花了不少钱粮去招抚边境上的羌人部落。

⑬ 龚黄满朝：指清官满朝廷。龚指龚遂，曾任渤海太守；黄指黄霸，曾任颍川太守。两人都是汉代有名的清官。

⑭ 却作河伯妇：了却（生命），去做河伯之妻。河伯，水神。《史记·滑稽列传》载，邺县的地方官与装神弄鬼的巫婆勾结，借口为水神河伯娶妇，将民家女子投入河水，残害人命，诈取钱财。西门豹任县令后，巧用计策，把巫婆及其弟子投入河中，为民除了害。此处借用典故，表明百姓被官府逼得无路可走，不如投河自尽。

今年粳稻迟迟不熟，叫人心发愁，
幸好没过多久，盼来中秋稻将收。
谁料到，伴着秋风，淫雨如水泻，
木杷生绿霉啊，镰刀遍体长褐锈。
百姓泪哭干，天雨哗哗却下不够，
唉，怎忍心见，金黄稻穗躺泥沟！
茅草苫棚，吃住田垄抢收一月整，
盼到天晴啊收割完，运回家里头。
身流汗肩红肿，担到市场去出售，
好话说尽卖与人啊，价低叫人愁。
卖掉牛交官税，拆房换粮来糊口，
顾了眼前，哪能考虑明年怎填肚！
如今交税，官府要钱不收米和粟，
为的是专用白银，招抚羌儿异族。

有谁知清官满朝啊，百姓命更苦，
还不如，了却此生，去做河伯妇！

这首诗是熙宁五年（1072年），诗人因上书反对王安石变法方案，被逐出朝廷，迁往杭州做通判后写的。诗中借江南一带农妇的悲叹，道出了天灾、新赋税政策带给人民的无穷灾难。一般讲，在科技落后的封建时代，天灾是无法避免的。稻谷迟熟，秋雨霉烂，只要官家能采取轻徭薄赋之良策，百姓苦难还是可以减轻的。但是，王安石实行新法后，只从"安边"策略考虑，实行赋税收钱不收粮，造成田荒米贱，农民无钱交税，只好卖牛拆房！苏轼同王安石在改革上确有分歧，但他不同于顽固派。诗末，他认为清官满朝，百姓更苦，虽是发了大牢骚，但毕竟认为改革者还是清官，且反映农村实际是真实的，指出的弊端也是正确的。诗人关心国事的热情，并不因受政治上的排挤而减退，实在是难能可贵的。全诗虽讽刺新法，但并非通过政治图解方式来表达思想倾向，而是借田妇的哀叹，形象地反映了吴中一带人民的悲惨生活情景。一叹稻熟太迟，二叹秋雨成灾，三叹谷贱伤农，层次分明，感人至深。尽管诗中流露出对实行新法的偏见，但并未冲淡全诗同情劳动人民苦难遭遇的基调。

新城道中[①]

苏　轼

东风知我欲山行[②]，吹断檐间积雨声[③]。
岭上晴云披絮帽[④]，树头初日挂铜钲[⑤]。
野桃含笑竹篱短，溪柳自摇沙水清。
西崦人家应最乐[⑥]，煮葵烧笋饷春耕[⑦]。

讲一讲

① 新城道中：共二首，此选其一。新城，在今浙江省新登县。

② 欲山行：想到山里去。

③ 积雨：下了长时间的雨。

④ 披絮帽：戴着丝绵帽子。

⑤ 铜钲（zhēng）：古代打击乐器，形如铜锣。

⑥ 西崦（yān）：西山。

⑦ 葵：冬葵，古代重要蔬菜之一。饷（xiǎng）春耕：送往田间给忙春耕的人吃。饷，拿东西给人吃。

译过来

东风通人性，知道我想去山中，
急忙吹断，淅淅沥沥的檐水声。

晴云缭绕，山岭好像戴上絮帽，
旭日初升，树头如同挂个铜钲。
矮矮竹篱后，几株山桃含笑意，
清清小河旁，一排溪柳舞东风。
春天呵，正是西山人家欢乐时，
煮葵烧笋送田间，免得误春耕。

这首七律，是苏轼熙宁四年（1071年）被调往杭州任通判后，去新城视察民情民意时写的。久雨初晴，诗人就急忙赶往山区。首联表现出诗人的尽心职守。流云、红日、艳桃、青柳，四处春意荡漾，生机盎然。这幅色调和美的农家春景图，正好反映了诗人旅途心情的愉悦。然而，他此次外调杭州，是因对王安石变法持不同政见被迫出朝的，但诗人以国事为重，诗中丝毫没有流露出个人心情的不快。尾联，当诗人看到山民“煮葵烧笋饷春耕”时，不禁从心底发出赞叹：啊，此刻才是百姓最快乐之时！诗人身为通判，却能与民心息息相通，在封建时代的官员中并不多见！全诗洋溢着泥土馨香和生活气息，画面清新隽美，是苏轼写景诗中之佳作。

雨中游天竺灵感观音院[1]

苏　轼

蚕欲老[2]，麦半黄[3]，前山后山雨浪浪[4]。

农夫辍耒女废筐[5]，白衣仙人在高堂[6]。

① 天竺(zhú)：山名。在浙江省杭州市西湖西，是旧时的佛教名山，有上、中、下三个天竺寺。灵感观音院在上天竺寺，五代时钱俶所建。宋仁宗时，因祈雨有应，赐名“灵感观音院”。

② 蚕欲老：春蚕即将结茧。

③ 麦半黄：小麦由青变黄，即将成熟。

④ 雨浪浪：形容雨声大而且响。

⑤ 辍(chuò)：停止，放下。耒(lěi)：古代翻土工具，有两股铁叉。此泛指一切农具。废：停止，搁下。

⑥ 白衣仙人：指观音菩萨。佛教说他能广化众生，救苦救难。

春蚕长成将结茧，小麦半熟呈青黄，

偏偏淫雨哗哗下，前山后山水汪汪。

男人挂锄难耕田，女人搁筐难采桑，

只有观音无所愁，香烟明烛坐高堂！

春末夏初，蚕欲老，麦将熟，正是农村繁忙季节。可是，老天偏与人作对，大雨竟然哗哗地下个不停。农民被困在家中，男不能耕田，女不能采桑，真是“农夫心内如汤煮”！然而，那个所谓能救众生出苦海的大慈大悲的观音菩萨，却稳坐高堂，无忧无虑、心安理得地享受着人间的香火和供品！诗人通过鲜明的对比，看似责备神像土偶，实则尖锐地讽刺了那些依附新法，自称爱民如子，实际上却是不劳而食，坐享其成的封建官吏。尽管诗人对新法抱有偏见，但他作为杭州通判，雨中游名山，无心欣赏山色寺景，却能着意体察人民的焦虑和封建社会的不公平，实在值得肯定。纪昀(yún)指出，此诗“刺当时之不恤民也”，诚为中肯。全诗语言通俗，音韵和谐，带有浓厚的民歌风味。

饮湖上初晴后雨[1]

苏　轼

水光潋滟晴方好[2]，山色空蒙雨亦奇[3]。

欲把西湖比西子[4]，淡妆浓抹总相宜。

讲一讲

① 饮湖上初晴后雨：共两首，此选其二。饮湖上，饮于湖上。湖，指杭州西湖。

② 潋滟（liàn yàn）：水波相连闪动的样子。方好：才显得美。

③ 空蒙：烟雨迷茫的样子。亦奇：也有不同寻常的美。

④ 欲：愿。西子：即西施，春秋末期越国的美女。

译过来

波光闪闪有如碎玉，遇上天晴更美丽，

山色迷茫若隐若现，在有雨时也稀奇。

我愿把西湖哟，比做吴国的西施美女，

不管是淡妆还是浓抹，全都十分相宜。

帮你读

这首绝句是作者熙宁六年(1073 年)任杭州通判时所写。诗人饮酒西湖，适逢先晴后雨，便敏锐地捕捉到了晴雨之间西湖风光的变化。一、二两句，先写晴天的湖光和雨中的山色。“潋滟”、“空蒙”两组连绵词对仗极工，写尽了湖上晴雨变化的奇丽景象。三、四两句，把西湖比做美女西施，以“淡妆”承“空蒙”山色，以“浓抹”承“潋滟”水光，比喻精确，想像奇特。成为有口皆碑的佳句，“后二句遂成为西湖定评”(陈衍《宋诗精华录》)。“除却淡妆浓抹句，更将何语比西湖”(武衍《正月二日泛舟湖上》)，更是推崇备至。即使今天，人们仍然公认在古今咏西湖的诗作中，该诗是对西湖的最当评语。“西湖”被称做“西子湖”，即是证明。

禽言[①]

苏轼

南山昨夜雨，西溪不可渡。

溪边布谷儿[②]，劝我脱破袴[③]。

不辞脱袴溪水寒[④]，水中照见催租瘢[⑤]。

① 禽言：原诗四首，此选其一。原诗标题下有序："梅圣俞尝作四禽言。余调黄州，寓居定惠院。绕舍皆茂林修竹，荒池蒲苇。春夏之交，鸣鸟百族，土人多以其声之似者名之，遂用圣俞体作五禽言。"大意为：梅尧臣曾作过四禽言诗，我被贬黄州后，借住在定惠寺院。寺院周围全是茂盛的树木，高高的竹子，无人管理的水塘和蒲苇。春夏相交之时，各种鸟儿发出种种叫声。当地人多用与鸟叫声相似的词儿，给鸟儿起个名字。于是，我就用梅尧臣的诗体写了五禽言诗。

② 布谷儿：鸟名，即大杜鹃。

③ 袴：同"裤"。作者在此句下自注："土人谓布谷为'脱却破袴'。"

④ 不辞：不推辞。此处有"不怕"之意。

⑤ 瘢(bān)：伤疤。

昨晚南山啊降了骤雨，
水冲小桥西溪无法渡。
河边布谷鸟儿声声叫，
劝我赤脚过河脱掉破裤。
不怕脱裤啊河水寒冷，
临水怕照见伤疤布满身！

这首诗是作者元丰三年(1080 年)被贬为黄州团练副使时写的。所谓“禽言”诗，就是诗人根据鸟儿叫出的声音，给它起一个有意义的名字；再从这个名字想像引申，去抒发自己的情感。在此诗中，诗人根据当地百姓称布谷为“脱却破裤”的说法，想像出一个春夏之交，雨后河涨桥毁，农民无法过河的情景，巧妙地把“脱却破裤”的叫声引来作为对农民的劝告；借此再引出可怜的农民倒不在乎暮春河水尚寒，而是临水照见催租官吏给他身上留下的累累伤疤，心中无限悲怆！全诗环环紧扣，抒发了一个正直诗人关心民情、痛恨苛税酷吏之情。

题西林壁[①]

苏　轼

横看成岭侧成峰[②]，远近高低各不同。
不识庐山真面目，只缘身在此山中[③]。

讲一讲

① 西林：寺名，又称乾明寺，在今江西省的庐山上。此诗是题在寺内墙壁上的。

② 侧：侧看。

③ 缘：因为。

译过来

正面望去是莽岭，侧面一看是奇峰，
远看近瞧，俯视仰望，姿态各不同。
为什么总辨不清啊，庐山那真模样？
只因为游来转去，仍然身在此山中！

帮你读

元丰七年（1084年）初，作者由黄州（今湖北黄冈）再贬汝州

(今河南临汝)。去汝州前,他先南下九江,游遍了庐山上十分之五六的地方。五月间,在西林寺壁题了此诗,可谓对庐山全貌总括性的题咏。开首两句,诗人以巧妙的神笔描写了庐山变化多姿的奇貌。视角不同,神态各异,真正是气象万千,令人目迷神夺,难知所以。宋代诗人黄庭坚评论说:“横说竖说,了无剩语,非其笔端有口,安能吐此不传之妙!”(《冷斋夜话》卷七)诗末两句议论,是诗人数年来政治上身处逆境、屡遭诬陷后悟出的哲理。他虽与王安石新党政见不同,但仍关心国家人民。王安石罢相后,一些投机新法的分子,对他肆意报复。元丰二年(1079年)七月,他们以苏轼诗文“指斥乘舆”、“包藏祸心”的罪名,将他下狱。后经亲友营救,先贬黄州,再贬汝州。诗末议论,透露出诗人身居朝廷,却无法看清朝廷黑暗真面目的深沉感慨!这两句诗之所以成为脍炙人口的名言警语,正是因为它形象地道出了“当局者迷,旁观者清”的道理。

惠崇春江晚景[①]

苏　轼

竹外桃花三两枝，春江水暖鸭先知。
蒌蒿满地芦芽短[②]，正是河豚欲上时[③]。

讲一讲

① 惠崇：宋初“九僧”之一。他擅长画鹅、雁、鸭、鹭鸶，尤工小景，是宋代著名画家。“春江晚景”是他创作的画名。从苏轼的题画诗看，可知是幅“鸭戏图”。原诗二首，此选其一。

② 蒌蒿（lóu hāo）：春天的一种野草，可食。芦芽：芦苇的嫩笋。

③ 河豚（tún）：鱼名。我国沿海均产，淡水中也有。其肉味道鲜美，唯肝脏、生殖腺及血液含有毒素，食时要处理。欲上：将要向上游游去。春江水涨，河豚争向上游，渔人谓之“抢上水”。

译过来

稀疏竹林外，艳艳桃花三两枝，
春江水温已转暖，只有鸭先知。
蒌蒿铺满大地，芦笋刚刚出泥，
风和日丽啊，正是河豚抢水时。

帮你读

这是诗人元丰八年（1085 年）在汴京（今河南开封）时写的一首题画诗。苏轼本是画家，有着很高的绘画修养和鉴赏能力；同时又是诗人，能够用高超的语言艺术再现画面，传达出原画的意境。此画虽已失传，但我们却见诗如见画，似乎看到了一幅以早春景物为背景的“春江鸭戏图”：江岸春意盎然，高的是竹枝、桃花，竹暗花明；低的是蒌蒿、芦芽，长短不一。江中是嬉戏的鸭群，力争上游的河豚。显示出画面静中有动，一片生机。可贵的是，诗人在诗中展开想像和联想的翅膀，赋予了鸭对水暖先知的感受和河豚对水涨的预感，大大加强了原画的情趣和感染力。由此可见，苏轼在把以线条、色彩等作为表现手段的空间艺术转化为语言艺术时，有着何等高超惊人的本领。近千年来，人们对这首小诗爱不释手，绝非偶然。

澄迈驿通潮阁[1]

苏　轼

余生欲老海南村[2]，帝遣巫阳招我魂[3]。

杳杳天低鹘没处[4]，青山一发是中原[5]。

① 澄迈驿：在今海南省澄迈县。驿（yì），驿站。古代供传递公文的人或来往官员途中歇宿、换马的处所。通潮阁，一名通明阁，在澄迈县西。苏轼时在儋（dān）州（今海南省儋县），并未到过澄迈。这是他为当地人姜君弼题的诗。原诗二首，此选其一。

② 余生：剩余的生命，晚年。诗人作此诗时已六十三岁。

③ “帝遣”句：《楚辞·招魂》：“帝告巫阳曰：‘有人在下，我欲辅之。魂魄离散，汝筮予之。’巫阳乃下招曰：‘魂兮归来！’”意为，天帝可怜屈原，命令巫阳（女巫名）说：有人在下方，我想帮助他。他的灵魂已脱离躯壳，你先算一下卦，看他的魂在哪里，然后把魂还给他。巫阳于是向下招魂说：魂啊，回来吧！此处以天帝借指朝廷，以招魂借指召之还朝。

④ 杳杳（yǎo）：遥远的样子。鹘（gǔ）：鸟名，亦叫鹘鸠。形似山雀而小，短尾，青黑色。鹘没处，鹘鸠消失的地方。

⑤ 一发：好像一丝头发。中原：泛指中国。

译过来

原想风烛残年，怕要老死在海南山村，

但总希望会有一天，朝廷召我还国门。

那遥远天边鹘没之处，就是中原故土，

青山犹如丝发，日夜牵动着我的心魂。

帮你读

这首诗是元符三年(1100 年)诗人被贬儋州时所作。绍圣元年(1094 年)，哲宗亲政，原来的一些投机变法分子重新当权。他们肆意打击苏轼等所谓“旧党”分子。数年之间，将诗人一贬再贬。绍圣三年(1096 年)，又贬至黎族聚居的荒僻之地海南儋州。他动身过海时，曾想到“垂老投荒，无复生还之望。”(《与王敏仲》)四年之后，他在写给友人的这首绝句中开宗明义而又沉痛地诉说了这种心情。诗人当时的困境确实是令人难以想像的：所居茅屋，系亲手所搭；“食芋饮水”，聊度残年。但他身处逆境，并不戚戚于个人忧患，而是“著书以为乐”，并竭力帮助黎族人民发展生产，提高文化。在当地百姓中结交了不少朋友。另一方面，他那颗报国的赤子之心一刻也未冷却。诗中着意抒发了他那深沉炽热的思乡盼归心情。他想像着登上通潮阁，北望海天相接之处的中原青山，一心盼望着朝廷能像天帝帮助屈原还魂那样将他召还京都。拳拳之心，感人泣下。但谁也没有想到，刚过一年，即建中靖国元年(1101 年)，徽宗宽赦；六月诗人在北归途中竟病倒在船上。七月二十八日，这位宋代最伟大的文学家带着未能返回汴京的缺憾之心，病死在常州客居。

春　日[①]

秦　观

一夕轻雷落万丝[②]，霁光浮瓦碧参差[③]。

有情芍药含春泪[④]，无力蔷薇卧晓枝[⑤]。

秦观(1049～1100)，字少游，高邮(今江苏高邮)人。进士出身，做过太学博士(封建社会国家最高学府的教授官)兼国史编修(负责修国史的官员)。政治上倾向于旧党，宋哲宗后期新党重新上台后，他被流放到边远地区，后在放还途中死于藤州(今广西藤县)。他年轻时就很有才名，同黄庭坚、晁补之、张耒一起，号称“苏门四学士”。其词成就甚高，属婉约派。其诗纤巧细密，精于修辞，但内容较贫薄，气魄狭小。

① 春日：原诗五首，此选其一。

② 轻雷：轻微的雷声。万丝：比喻细雨。

③ 霁光：雨止后明朗的阳光。浮瓦：浮动在绿琉璃瓦上。参差(cēn cī)：形容绿瓦上的反光明暗不一。

④ 含春泪：(花瓣上)积存着夜来的春雨。

⑤ 卧晓枝：倒卧在清晨的花枝上。

译过来

一夜间雷声隐隐，牛毛细雨落万丝，
晨光浮动在绿瓦上，碧青明暗不一。
芍药花瓣挂满雨珠，好似含泪欲泣，
蔷薇低首横卧晓枝，显得力尽精疲。

帮你读

这首绝句通过细致的观察，细腻的描绘，再现了夜雨乍晴、晨曦初降时庭院一角景色的清新、静谧与和美。一、二两句，用词精确。形容词“轻”、量词“丝”，写尽了春雷、春雨的轻微与细柔；动词“浮”则抓住了春阳晨曦的柔和；“参差”一词，更是把绿琉璃瓦上闪闪反光的明暗不一写神了。三、四两句，精选动词“含”、“卧”，利用拟人的修辞方式，准确描绘了雨后芍药、蔷薇的娇弱形态。两句赋予花儿以人的动作和心理情态，使人感到格外生动亲切。当然，其中也暗含着诗人强烈的惜花之情。后两句对仗极工，显示了诗人高超的修辞技巧。从结构上看，首句“落万丝”是脉络，若无雨丝，即无浮光、含泪和卧枝。但后三者是实景，若无这些，则不能收到以实证虚的效果，“落万丝”的情景就没有着落。构思严密，浑然一体。秦观诗如其词，风格上属婉约派。难怪南宋敖陶孙评论此诗时说：“如时女步春，终伤婉弱。”(《诗人玉屑》引)

海州道中[①]

张　耒

孤舟夜行秋水广[②]，秋风满帆不摇桨[③]。
荒田寂寂无人声，水边跳鱼翻水响。
河边守罾茅作屋[④]，罾头月明人夜宿[⑤]。
船中客觉天未明，谁家鞭牛登陇声[⑥]。

讲一讲

张耒(lěi)(1054～1114),字文潜,号柯山,淮阴(今江苏淮阴)人。出身进士,曾任太常少卿(负责礼乐祭祀)等职。为官公正廉洁。他是“苏门四学士”之一。其诗受白居易、张籍影响很深,关心人民疾苦,风格平易流畅,是北宋的现实主义诗人。但为诗不够严谨,“一笔写去,重意重字皆不问”(朱熹语)。

① 海州道中:原诗二首,此选其一。海州,在今江苏东海县。

② 秋水广:秋天河水涨得很大。

③ 满帆:船帆被风鼓得胀蓬蓬的。

④ 守罾(zēng):守着渔网。罾,本指用竿支架的方形渔网,这里泛指渔网。

⑤ 罾头:网边。

⑥ 陇:通“垄”,田边,土埂。

译过来

孤舟在夜幕下行驶,河水无限宽广,
秋风鼓满了船帆,用不着再去摇桨。
荒凉旷野,一片静寂,人已入梦乡,
唯有河边,鱼儿跳蹦,弄得水声响。
岸上几座草棚,本是渔人栖身之所,
为着守网,却只能露宿在月下河旁。
少睡的船客刚刚醒来,天色还未亮,
不知谁家已下地,远处传来牛鞭响!

在“苏门”诗人中，张耒最关心百姓疾苦。《海州道中》写“孤舟夜行”，尽管“不摇桨”比较静寂，但无心之人听不到什么，看不见什么，也是很自然的事。然而，诗人之心却是与广大劳动者息息相通的。他彻夜未眠，专意体察民情：透过月明，看到了捕鱼人辛苦地守候在支起的渔网之旁；在万籁俱寂之中，听到了摸黑早起的农民鞭牛耕地的吆喝声。尽管诗中也描绘了“鱼翻水响”、“罾头月明”，向人们展示了苏北近海农村的诗意美；然而，“荒田寂寂”，渔民深夜守罾，农夫未明下田，给人更多的印象却是农村的萧条荒凉，百姓的生计艰辛！诗人同情百姓之心，跃然纸上。

全诗风格平易自然，语言朴素，但重字太多（如“秋水”、“秋风”，“水边”、“河边”，“守罾”、“罾头”等），似觉未在文字上经意着力。

禾熟

孔平仲

百里西风禾黍香[①]，鸣泉落窦谷登场[②]。
老牛粗了耕耘债[③]，啮草坡头卧夕阳[④]。

讲一讲

孔平仲，生卒年不详，字毅父，临江新淦（gàn）（今江西新干）人。进士出身，宋徽宗时做过户部员外郎（中央政权中，专管户口、赋税等部门的中级官员）等官。有诗名，当时人把他和其兄文仲、武仲，与苏轼、苏辙并称为“二苏三孔”。其诗风格豪放，颇近苏轼。

① 黍（shǔ）：粮食作物，籽实去皮后称粘黄米。

② 鸣泉：发出声响的泉水。落窦：指泉中水位下降。窦（dòu）：洞，此指水泉。

③ 粗了：大致了结。

④ 啮（niè）草：咀嚼着草。啮，咬。

西风乍起，百里山沟禾黍飘香，
泉水下落天晴朗，谷子上了场。

辛苦的老牛，暂时结束了耕田，

在夕阳下卧在坡上嘴里回草。

帮你读

这首诗描写了秋收时节的农村景象。开首两句，先写秋收时的自然特征：西风乍起，鸣泉跌落，引出了风吹禾谷飘香、水跌天晴正是打谷的好时光，使人强烈地感受到天知人意，天帮人忙，天欢人更喜。丰收来自何处？既有天功，更有人力。诗人却没有强调这些。末二句笔锋突转，着意描写了老牛此刻的景况：它总算结束了一年的耕作，此时默默地在夕阳之下，横卧坡头，咀嚼着枯草；"禾黍香"、"谷登场"，功劳来自老牛的辛苦耕耘，可它不居功，不自满……诗句至此，境界全出：一头令人尊敬的老牛形象跃然纸上！而这老牛，不正是勤劳朴实的老农的象征么？

池口风雨留三日[①]

黄庭坚

孤城三日风吹雨，小市人家只菜蔬。
水远山长双属玉[②]，身闲心苦一舂锄[③]。
翁从旁舍来收网，我适临渊不羡鱼[④]。
俯仰之间已陈迹[⑤]，莫窗归了读残书[⑥]。

黄庭坚(1045～1105)，字鲁直，号山谷道人，洪州分宁(今江西修水)人。进士出身，做过几任地方官和秘书郎(掌管图书的官)、国史编修等。宋哲宗绍圣年间，新党为排除异己，借口黄庭坚主持编写的《神宗实录》“诬毁先帝”，将他贬谪涪（fú）州（今四川涪陵）。宋徽宗时，又被除名，羁管宜州（今广西宜山），受尽磨难，最后病死在那里。他是“苏门四学士”之一，其诗很受苏轼赏识。他是江西诗派的开创者，主张写诗要搜寻旧典，达到“无一字无来处”；但由于追求新奇，难免生硬晦涩。

① 池口：今安徽贵池，地处长江边上。

② 属玉：鸟名。似鸭而大，长颈赤目，全身紫黑色。

③ 舂（chōng）锄：即白鹭。

④ 适：恰恰，刚刚。临渊不羡鱼：《汉书·董仲舒传》：“临渊羡鱼，不如退而结网。”此反其意而用之，表示自己不求做官的淡泊心情。

⑤ 俯仰之间：王羲之《兰亭集序》：“向之所欣，俯仰之间已为陈迹。”本意为慨叹人生的短促。此处化用，表示人生无常，官场险恶。

⑥ 莫：“暮”的古字。

风雨交加，围困孤城，三日三夜不曾停，
小城人家，缺米少面，只靠蔬菜度光景。
放眼城外，江水远流，青山犹如双属玉，
雨中白鹭，恰似我身闲啊，内心却苦痛。
水边一渔翁，走出侧舍，急忙收拢渔网，
我偏不愿临渊羡鱼，跻身官场替人卖命。
高官厚禄，俯仰之间全都化成过眼烟云，

倒不如，抽身回屋，暮窗下去诵读残经。

这首诗是诗人元丰三年(1080年)从汴京出发前往吉州太和县(今江西泰和)任知县，途中风雨受阻，暂住池口时所作。元丰年间，正值推行新法。由于诗人与执政者不合，心情常常处于既想实现自己远大抱负、又向往着归隐田园的矛盾之中。此诗正表现诗人后一种心情：不临渊羡鱼，去官场追名逐利；情愿面对暮窗，读书自娱。诗的前四句，借写景抒情，托物比兴，看到白鹭，触发了诗人的情怀，言此鸟“身闲心苦”，实则写诗人内心对当时政治的失望。后四句借记事抒情，以人起兴。从看到渔翁收网的寻常事，抒发了他自己不临渊羡鱼，无心与当权者合作，情愿归隐以读书自娱的旷达态度。全诗格调看似悠闲轻逸，但细细品味，却能感到诗人内心的苦闷和不平。尾联两处用典，均能翻新活用，颇有新奇之感。

登快阁[①]

黄庭坚

痴儿了却公家事[②]，快阁东西倚晚晴[③]。
落木千山天远大，澄江一道月分明。
朱弦已为佳人绝[④]，青眼聊因美酒横[⑤]。
万里归船弄长笛[⑥]，此心吾与白鸥盟[⑦]。

① 快阁：在今江西泰和县东的澄江之上。

② 痴儿：不谙世事的呆子。作者自喻。晋夏侯济曾说过："生子痴，了官事，官事未易了也。了事正作痴，复为快耳。"(《晋书·傅咸传》)黄庭坚登快阁，大概想起了此话，故有此句。了却：办理完毕。

③ 倚晚晴：雨后在夕阳光照下，倚着快阁。

④ 朱弦：借代琴。佳人：指知音之人。此句暗引《吕氏春秋》事：春秋时伯牙弹一手好琴，钟子期是他的知音。钟死，他便破琴绝弦，终生不弹。引处借此叹惜自己无知己。

⑤ 青眼：《晋书·阮籍传》载：阮籍能为青白眼。他遇到喜欢之人，就以青眼相迎；遇到世俗礼法之士，就以白眼相看，以示厌恶。此处活用《晋书》典故。此句承上句，上句言"佳人绝"、知己

不存,已无喜欢之人可迎,所以只好以青眼去对美酒了。

⑥“万里”句:此句为诗人观景时所想,表示打算乘舟归隐。

⑦ 盟:结盟,交朋友。与白鸥交友,意为辞官归隐。

生性痴呆,总须办完公事才外出赏景,
面对着雨后的夕阳,斜倚在快阁西东。
遍山的树叶已经落尽,天空更加寥廓,
一条澄江如银练,月光显得格外分明。
我有如碎琴的伯牙啊,人间已无知音,
偶尔露出喜悦目光,只为那美酒玉盅。
倒不如横吹长笛,乘风万里归故乡哟,
隐居江湖山林,终生与白鸥交友结盟!

元丰四年(1081 年),诗人任太和知县。这是他第一次担任独当一面的地方官。他到任后,尽心职守,关心百姓疾苦。在腐败的北宋官场,这是罕见的。此诗写于到任后的第二年(1082 年)。首句,即以不谙世事的“痴儿”自嘲,意指自己没有和大批的贪官酷吏同流合污。事实也是这样。他走遍了太和的穷乡僻壤,看到了人民生活之悲惨,作为县令不能为百姓分忧解难,反而要向他们催租逼赋,这使他感到无限痛苦,可又无处诉说。所以,他虽登“快阁”,面对远天、明月,心中却并不愉快。他悲叹这黑暗的世间没有知音。只能借酒去排遣胸中的苦闷。诗末萌发的归隐之念，正是他对自己那种“鞭挞黎庶令人悲”的县官职责的深恶痛绝。全诗字锤句炼，章法严谨；五、六两句对仗工丽，且引用典故精当，表意委婉含蓄，属黄诗中之名作。元代韦居安评论说：太和的快阁，经黄氏题诗，“名重天下，前后和者无虑数百篇，罕有杰出者”（《梅硐诗论》）。

题竹石牧牛并引

黄庭坚

子瞻画丛竹坚石[①],伯时增前坡牧儿骑牛[②],甚有意态,戏咏。

野次小峥嵘[③],幽篁相倚绿[④]。
阿童三尺箠[⑤],御此老觳觫[⑥]。
石吾甚爱之,勿遣牛砺角[⑦];
牛砺角尚可[⑧],牛斗残我竹[⑨]。

讲一讲

① 子瞻:苏轼的字。

② 伯时:李公麟字伯时,舒州(今安徽舒城)人,以画马与人

物著称。

③ 野次：野外的屋舍。峥嵘（zhēng róng）：奇特的样子，此指怪石。

④ 幽篁（huáng）：幽雅的丛竹。倚：依靠。

⑤ 箠（chuí）：同“棰”，鞭子。

⑥ 御：驾驭。觳觫（hú sù）：本为恐惧战慄的样子。《孟子·梁惠王上》载，梁惠王看到一头牛被拉去宰杀，便阻止说：“放了它，我不忍看见它觳觫的样子。”后来的古文中，多以“觳觫”指牛。

⑦ 勿遣：不要让。砺：磨。

⑧ 尚可：还可以。

⑨ 残：毁坏。

野外屋舍旁，有块小怪石，
丛竹相倚啊，闪着绿光。
小小牧童，手执三尺鞭，
驾驭那老牛，来到怪石旁。
怪石啊，我心十分喜爱，
万莫让老牛磨角将它撞；
牛儿磨角，倒还不要紧，
相斗毁丝竹，我更悲伤！

这首诗乃黄庭坚题画诗中的名篇。由于是“戏咏”，边赏画

边吟咏，无拘无束，故能尽吐胸中的真情实感。担心牛砺角，更怕牛相斗，是对李伯时所画牛儿栩栩如生、竟至乱真的褒奖；甚爱怪石，又恐毁竹，则是对苏子瞻之画逗人喜爱的高度赞赏。全诗语意清新，饶有风趣。对照前二首，可以看出此诗少用古人陈言，语言透明，质朴清新，别具一格。此外，如联系诗人当时所处的环境，则这首“戏咏”似又另有所讽。北宋后期，由王安石变法引起的新旧党争愈演愈烈，以至于发展到无原则的派系倾轧，北宋王朝因此大大削弱。诗中所发出的“勿遣牛砺角”伤石，不要让“牛斗”残竹，不能不说与对当时政治斗争的告诫有关！一首“戏咏”，曲折地道出了诗人对现实政治的无限忧虑。

示三子[①]

陈师道

去远即相忘[②]，归近不可忍[③]。
儿女已在眼[④]，眉目略不省[⑤]。
喜极不得语，泪尽方一哂[⑥]。
了知不是梦[⑦]，忽忽心未稳[⑧]。

陈师道(1053～1102)，字履常，号后山居士，彭城(今江苏徐州)人。做过徐州、颍州(治所在今安徽阜阳)教授(州立学校教授学生的学官)，秘书省正字(掌管校勘书籍的官)。一生穷困潦倒，政治上很不得意。其诗歌内容多限于个人生活，风格受黄庭坚影响尤深，讲求古朴凝练，“语简而益工”，但往往流于生硬艰涩；但在不堆砌典故、简缩字句之时，却也写出过一些朴实真挚的好诗。

① 示三子：写给三个孩子看的诗。

② 去远：离开时间久长。

③ 归近：归期临近。

④ 在眼：出现在眼前。

⑤ 略不省(xǐng)：有点儿不认识。

⑥ 方：才。哂（shěn）：微笑。

⑦ 了知：清楚地知道。

⑧ 忽忽：心神不定的样子。

分离长久，反倒死了思念之心，
归期将近，翘首企盼叫人难忍。
而今啊，儿女们全都站在眼前，
那眉目，却变得有点难辨难分。
久别重逢，我高兴得说不出话，
泪洒千行，方才破涕露出欢欣。
心中明明知道，眼前并不是梦，
可那颗心啊，飘飘忽忽总不平静！

诗人家境穷困，无力养家。宋神宗元丰七年（1084 年），他岳父郭槩（同“概”）到四川做官，便强把他的妻子儿女全部带走。他在《别三子》诗的开头，就愤激地说：“夫妇死同穴（喻活着不能同室，只有待死后同葬一墓），父子贫贱离！”此后，诗人孤身度日。直到宋哲宗元祐二年（1087 年），做了徐州教授，才将妻、子接回身边。《示三子》，是专写给一女二子看的。全诗准确地描述了诗人自己听到、见到儿女归来时那种平静—焦急，伤心—惊喜，明知是事实却又不敢相信的那种复杂、曲折心情。由此可以想到，那形影相吊的三年孤独生活，曾经给诗人心灵带来多么巨大的摧残和折磨！全诗情真意挚，语言质朴深厚，毫无矫饰造作之气。

春游湖

徐 俯

双飞燕子几时回①，夹岸桃花蘸水开②。

春雨断桥人不度③，小舟撑出柳阴来④。

徐俯（1075～1141），字师川，号东湖居士，洪州分宁（今江西修水）人。曾做过端明殿学士、权参知政事（可与宰相同议朝政之职）等，他是黄庭坚的外甥，其诗受过黄的指教，属“江西诗派”。晚年有意摆脱“江西诗派”风格，不再堆砌典故、追求奇特，倾向平易自然。

① 几时：何时。

② 夹岸：傍岸。蘸（zhàn）水开：河水上涨后，岸边桃枝低垂，挨着水面，桃花像蘸着水花开放。

③ 度：此指从桥上过河。

④ 阴：同“荫”。

紫燕双飞，不知何时从南飞回？

两岸碧桃垂湖面，蘸着水花开。

几天春雨哟，水涨桥断人正愁，

青青柳阴里，却有艄公撑船来！

这首诗描绘了春雨之后的湖上风光。目力所及，妙趣横生：空中紫燕双飞，正忙着衔泥筑巢；地上碧桃盛开，还蘸着湖中水花。景物描写紧扣着“春”，且不离“雨”，笔墨运用，恰到好处。更妙的是一个“蘸”字，暗示了雨后湖水上涨，从而引出下句“断桥”。正当游人面对水涨桥淹，为难以渡水发愁时，柳阴深处却有艄公咿咿哑哑地撑出一叶小舟，真有点“山穷水复疑无路，柳暗花明又一村”的诗意。人们的兴致，经过一个小小的跌宕，也随之进入了高潮。此诗采用了我国国画以实写虚，画出桥、船衬托湖水的传统技法，用“断桥”突出湖涨，用“小舟”反衬水阔，成为传诵一时之名作。“解道春江断桥句，旧时闻说徐师川”，正是对此诗的褒奖。

早　发

宗　泽

伞幄垂垂马踏沙[①]，水长山远路多花。

眼中形势胸中策[②]，缓步徐行静不哗[③]。

宗泽(1059～1128)，字汝霖，婺州义乌(今浙江义乌)人。进士出身。靖康元年(1126年)任磁州(今河北磁县)知州时，募集义勇，抗击金兵。次年担任东京(今河南开封)留守，召集王善、杨进等义军协助防守；并联络两河八字军等部，用岳飞为将，屡败金兵。他还多次上书力请高宗赵构还都，渡河北战，收复失地。但赵构怯弱无能，重用主和佞臣，只图苟安于江南一隅，对他的恢复大计不予理睬。宗泽忧愤成疾，临死前还三呼“渡河”！他是宋初著名的抗金民族英雄，当时同岳飞齐名。其诗多写戎马生活，诗风平实，不在文字上细用功夫。

① 伞幄(wò)：仪仗队手执的伞形圆帷，可用来遮日蔽雨。从晋代起，大官外出，仪仗队中都有伞。垂垂：向下飘动的样子。

② 形势：指山川形势。策：策略，战略。

③ 徐行：缓缓前进。哗(huá)：众声喧闹。

译过来

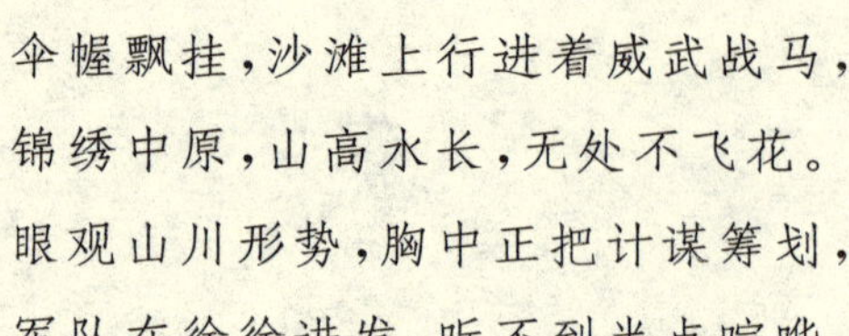

伞幄飘挂，沙滩上行进着威武战马，
锦绣中原，山高水长，无处不飞花。
眼观山川形势，胸中正把计谋筹划，
军队在徐徐进发，听不到半点喧哗。

帮你读

这首诗描述了将军亲自统帅军队清晨出发时的整肃情景，抒发了抗金必胜的坚定信念。开首先写军队仪仗的威武：伞幄飘飘，战马前行。通过视觉画面，表现了听觉印象：行军肃静。在他们的周围，是水长山远、开满鲜花的中原大地。正是由于对祖国山川的无限热爱，将士才有着抗金必胜的信念。接着重点描述了将军对山川地形了如指掌，胸中自有歼敌的战略战术；战士纪律严明，稳步前行，听不到半点喧哗。全诗语言平平实实，却能成功地表现出一位爱国名将从容不迫、胜利在握的风度和信心。

三衢道中[①]

曾　几

梅子黄时日日晴[②]，小溪泛尽却山行[③]。
绿阴不减来时路[④]，添得黄鹂四五声[⑤]。

讲一讲

曾几(1084～1166)，字吉甫，号茶山居士，赣州(今江西赣州市)人，后迁居河南洛阳。曾做过江西、浙西提刑(主管所属各州的司法、刑狱和监察，兼管农桑）。因主张抗金，为秦桧所斥。秦死后，官至权礼部侍郎。他极力推崇黄庭坚，后人把他划入“江西诗派”，但他的诗风清俊轻快，开杨万里新鲜泼辣诗风的先声。

① 三衢（qú）：即衢州（治所在今浙江衢县），因境内有三衢山而得名。

② 梅子：江南一种落叶乔木的果实。花先于叶开放，多为白色、淡红色，有清香。果为球形，有核。未熟时为青色，成熟时一般呈黄色，极酸。梅子黄时在农历五月。

③ 泛尽：指乘船走尽了小溪。泛：泛舟。却：再，又。

④ 绿阴：绿色树阴。不减来时路：比来时路上（的树阴），并没有减少。

⑤ 黄鹂（lí）：也叫黄莺、黄鸟。雄鸟羽毛金黄而有光泽。雌鸟羽毛黄中带绿。鸣声婉转悦耳，常被人作观赏鸟饲养。夏季分布于我国、日本，冬季迁徙马来西亚、印度等地。

梅子黄时却无雨，人喜天亦晴，
乘船走到溪尽头，又向山间行。
比之来时路，归途绿阴毫不减，
更添黄鹂四五声，游兴分外浓。

这首诗描写了诗人自己在三衢归途中所见的初夏风光。“梅实迎时雨”（柳宗元《梅雨》），五月梅子结实，正是南方多雨之

时，可今年偏巧接连天晴，衬托出诗人心情的愉快，也为后边写旅途景物的清新张本。水路走完，又接山路，暑天攀登那三衢崎岖山径一定很苦吧？诗人却在三、四句用“不减”和“添得”告诉人们，归途与来时路上相比，树木愈加葱茏，一片清凉。更有甚者，山林中还增添了来时不曾有过的清脆悦耳的黄鹂声！一个“不减”，一个“添得”，不觉中向人暗示了诗人往返期间季节的推移：从暮春进入了初夏。他外出巡视，已近一个月光景！这首记行诗格调轻快活泼，既描绘了浙西山水风光的优美，也从一个侧面反映出诗人作为浙西提刑四处奔波、勤于政事的愉快。

绝　句[1]

李清照

生当作人杰[2]，死亦为鬼雄[3]。

至今思项羽[4]，不肯过江东[5]。

李清照(1084～约1151)，号易安居士，济南(今山东济南)人。早年生长在一个文学气氛十分浓厚的官僚家庭。嫁给赵明诚(宋代有名的金石学家)后，过着悠闲平静的优裕生活。她前期的诗词，艺术性强，但内容多局限于闺情相思之类，现实意义不大。1127年，金人攻陷汴京。她与丈夫逃往江宁(今江苏南京)，开始了流离颠沛的生活。不久丈夫病死，李清照精神上受到沉重打击，境遇更加孤苦。国仇家恨，使她后期的创作风格突变，写下了不少反映现实、流露出爱国情感的好作品。她是宋代婉约词派的重要人物，诗也写得很好，但流传下来的却不多。

① 绝句：一作"夏日绝句"。可能作于高宗建炎四年(1130年)左右。

② 人杰：人中的豪杰。

③ 亦为：也要做。鬼雄：鬼中的英雄。

④ 项羽(前232～前202)：秦末农民起义军领袖。名籍，字

羽，下相（今江苏宿迁西南）人。他出身楚国贵族，早年从叔父项梁在吴（今江苏苏州）起义。在巨鹿之战中摧毁秦军主力；秦亡后，自立为西楚霸王，成了当时与刘邦争夺天下的最大军事集团首领。

⑤ 江东：江南东部。项羽在争夺天下中为刘邦击败，最后从垓下（今安徽灵璧南）突围到乌江（今安徽和县乌江浦）。乌江亭长要用船送他去江东，劝他东山再起。他却认为，自己当初与江东子弟八千人渡江向西作战，而今他们无一人生还；纵然江东父老可怜自己，愿再拥立为王，但自己却无面目去见他们。最后自刎而死。

活要活得顶天立地，当个人中豪杰。
死也要为大宋捐躯，做个鬼中英雄。
面对苟安的南宋王朝，我思念项羽，
他纵然走投无路，却不肯再回江东！

这是一首借古讽今的怀古诗。诗中借赞颂西楚霸王项羽不肯忍辱偷生的壮举，表示了对南宋小王朝妥协逃跑，偏安江南，以求苟安的极大愤慨。

1127 年，金兵攻陷汴京，宋徽宗赵佶、宋钦宗赵桓被俘，宋高宗赵构即位。当时的中原地区被金国占领，广大百姓处于水深火热之中。1129 年，金兵将要围攻行都扬州，赵构闻讯，连夜南逃建康(今南京),不久又逃往杭州,忘记了父兄被俘之耻,过起了忍辱苟安的生活。诗人以诗抨击时事,一、二句斩钉截铁地提出一个人应该具有的正确生死观,尖锐讽刺了赵构的苟安生活。三、四句又用一个"思"字,引出昔日项羽的壮烈举动,告诫赵构,再不要做一味向南逃窜的怕死鬼。此诗一扫她词中那种轻柔缠绵的女儿气,充满着炽热的爱国之情。一个文弱女子,竟有如此胆识,令人钦敬!

病　牛

李　纲

耕犁千亩实千箱[①]，力尽筋疲谁复伤[②]？
但得众生皆得饱[③]，不辞羸病卧残阳[④]。

李纲(1084～1140),字伯纪,邵武(今福建邵武)人。南宋初期坚持抗金的民族英雄。靖康元年(1126年),金兵初围汴京(开封)时,他以尚书右丞(分领尚书省兵、刑、工三部事务的官员)任亲征行营使,组织军民,击退金兵。但不久就被投降派排斥。次年高宗即位,他被任为宰相。他规划革新内政,主张用两河义军收复失地,但又遭投降派的打击,在职仅七十七天。后历任湖广宣抚使(主管一路军政的长官,以二品以上大臣充任)等职。多次上疏,陈说抗金大计,都未被采纳,后郁郁而死。其诗充满爱国内容,形式上多冗长拖沓,但也有真率感人之作。

① 实:充实,装满。箱:通“厢”,厢房,此指官府的粮仓。

② 谁复伤:有谁再来怜惜(你)。伤:哀怜,同情。

③ 但得:只要能。众生:指天下老百姓。

④ 辞:推辞。羸(léi)病:瘦弱有病。残阳:西下的太阳。也暗含作者生命的暮年。卧残阳,意为挣扎于晚年。

一生耕田千万亩,填满官府千万仓,
力耗尽,筋累断,有谁把你再怜伤?
唯愿天下老百姓,人人暖饱无饥荒,
体瘦弱,身患病,横卧残阳又何妨!

这首诗是绍兴二年(1132 年)作者罢相后，被流放到武昌时写的。诗中以病牛自况，暗喻自己政途的坎坷辛酸：一生辛苦，如牛耕田那样为国家建立了丰功伟业，然而却遭到投降派的排斥，“力尽筋疲”，无人哀伤！句句流露出对投降派的愤恨。接着，语气由悲怨、低沉，转向乐观、高亢，再次借牛的心愿表达自己的志向：只要对百姓有利，他将不畏体弱多病，不惧生命将逝，依然要坚定不移地干下去！这头“不辞羸病卧残阳”的“病牛”，正是诗人那百折不挠的抗金英雄形象的化身。诗的末句，与孔平仲“老牛粗了耕耘债，啮草坡头卧夕阳”相比，格调更加昂扬，意境更胜一筹。

牡丹

陈与义

一自胡尘入汉关[①]，十年伊洛路漫漫[②]。
青墩溪畔龙钟客[③]，独立东风看牡丹[④]。

陈与义(1090～1138)，字去非，号简斋，洛阳(今河南洛阳)人，曾任礼部侍郎(主管国家典礼、教育等的副长官)、参知政事(可与宰相同议朝政)等要职。他是南宋初期的著名诗人。早年写诗，推崇苏轼、黄庭坚，更佩服陈师道。金兵南下后，他经历了国破家亡、流离颠沛之苦，其诗更自觉地师法杜甫，写下了不少苍凉悲壮、雄阔慷慨的感时之作。

① 胡尘：金兵入侵卷起的烟尘。此借代金兵。汉关：指北宋都城汴京(今河南开封)。

② 伊洛：伊河、洛水，均流经河南洛阳。此借代诗人故乡。

③ 青墩：镇名，在浙江桐乡县北。龙钟：年老行动不便的样子。龙钟客，作者自称。

④ 看牡丹：意指看着牡丹，思念着金兵占领下的故乡洛阳。洛阳，北宋的西京，诗人的故乡。宋时洛阳牡丹甲天下。

自从金兵南下，攻破了汴京城垣，
屈辱十年，漫漫故乡路望眼欲穿。
青墩溪畔，离恨已使我老态龙钟，
独立东风看牡丹，更觉愁绪万千！

这首诗写于绍兴六年(1136 年)春，离靖康二年(1127 年)金兵攻破宋代的汴京城，掳走徽、钦二帝已经整整十年。独立东风，观赏牡丹，通常总是舒心惬意的事。但诗人却是在南宋小朝廷妥协逃跑政策之下，不得已来到浙东青墩溪畔，过流亡生活。此时此地，诗人独望着异乡的牡丹，想起被践踏在金人铁蹄之下的故乡洛阳的牡丹，国仇家恨一起涌上心头。此诗情调悲凉凄楚，属作者咏物怀乡的名篇。诗人年方四十六，就已老态龙钟；东风融融，却融化不了诗人心头亡国羞辱的块垒。表现深沉含蓄，“用事深隐处，读者抚卷茫然。不暇究索”(楼钥《简斋诗笺叙》)。

策 杖

刘子翚

策杖农家去[1]，萧条绝四邻[2]。
空田依垄峻[3]，断藁布窠匀[4]。
地薄惟供税[5]，年丰尚苦贫[6]。
平生饱官粟[7]，愧尔力耕人[8]。

刘子翚(huī)(1101～1147),字彦冲,号病翁,崇安(今福建崇安)人。做过兴化军(今福建莆田)通判(主管一军公事、监察的官),但不得意。后隐居故乡东边的屏山,开馆授徒,时称屏山先生。宋代最大的道学家朱熹就是他的学生。宋代有的道学家认为"学诗用功甚妨事",反对做诗;即或写诗,也怕在形式上下工夫会害道,往往粗制滥造。然而,刘子翚作为道学家,诗却写得明朗豪爽,极少道学气味。

① 策杖:拄着拐杖。

② 萧条:荒凉,冷落。绝四邻:意为四邻无粮度日,外出乞讨,家中没有了人。

③ 空田:百姓外逃,土地荒芜。依垄峻:紧挨着的土冈,十分陡峭。垄:土堆,堤岸。

④ 断藁(gǎo):指残缺不全的稻草。布:铺,此处意为苫、盖。窠(kē):本为鸟巢,此指矮小的住房。

⑤ 地薄:地的肥力很差,(庄稼长不好)。惟:只。

⑥ 尚苦贫:还为没有粮食而发愁。

⑦ 平生:平素,一向。饱官粟:因有官府供给粮食而不饥饿。

⑧ 愧尔:面对你们,(我)感到羞愧。力耕人:努力种田的人,即农民。

我拄着拐杖，去农家串门，
寂冷荒凉，家家空无一人。
田无禾苗，山冈更觉陡峻，
几间茅屋，断草倒还均匀。
土地瘠薄，收成只够交税。
遇上丰年，照样饿断骨筋。
想自己，一生官粮常温饱。
面对种田人，心中愧万分！

这首诗通过诗人扶杖外出的所见所想，表现了南宋时期农村的破败萧条景象和农民生计无着、弃家外逃的惨状。南宋赵构小王朝，偏安江南，不仅不思收复失地，反而沉溺酒色，寻欢作乐。各级官吏贪污腐败，重赋盘剥百姓。四野萧条，土地荒芜，正是他们残酷的、永无休止的剥削带来的结果。末联，诗人对自己不事力耕，靠着官粟终年温饱感到无比羞愧，表现了诗人为人正直，对人民富有强烈的同情心。此诗上承唐代诗人白居易“今我何功德，曾不事农桑；吏禄三百石，岁晏有余粮。念此私自愧，尽日不能忘”（《观刈麦》）的诗句。具有鲜明的现实主义精神。写法也有意仿效白氏新题乐府那种明白浅切的笔法，极少令人生厌的道学气。

汴京纪事[①]

刘子翚

内苑珍林蔚绛霄[②]，围城不复禁刍荛[③]。

舳舻岁岁衔清汴[④]，才足都人几炬烧[⑤]。

① 汴(biàn)京纪事：1127 年，金兵攻占北宋京城汴京之后，诗人写了《汴京纪事》二十首，表达亡国后的感慨。此诗属其中第六首。

② 内苑(yuàn)：皇帝的花园，指宋徽宗时修建的万岁山。苑，古代帝王游乐的处所。珍林：奇花异木。蔚：花木茂盛。绛霄：楼名，是万岁山上的一座最雄伟富丽的建筑物。

③ 刍荛(chú ráo)：指割草砍柴的人。

④ 舳舻(zhú lú)：大船。衔：接连。清汴：清澈的汴河。宋时江淮一带的物资可以通过汴河运进汴京。南宋后不再作为运道，遂湮(yān)废。

⑤ 都人：京城里的百姓。几炬：几把火。

译过来

万岁山上花木繁茂，绛霄楼插入九霄，
金兵围城，无人再去禁百姓胡拆乱刨。
昔日汴河上，大船运来多少花卉竹木，
还不够京城里的难民哟，几把火来烧！

这首七绝侧重从内因方面，总结了北宋覆灭的教训。宋徽宗赵佶在位时，曾派朱勔等人，四面八方搜寻奇花异石，从汴河水运到汴京，堆成万岁山，修起绛霄楼，以供自己享乐。为此，逼得多少百姓破家丧命。《水浒传》中写到的“花石纲”即指此事。靖康元年闰十一月(1127年初)，汴京被围，城中百姓从万岁山挖下石块当炮石，抵御攻城金兵。十二月底，汴京城破，天寒地冻，百姓又折掉绛霄楼，砍掉山上竹木，生火御寒。骄奢淫逸的赵佶，当年穷天下民力，修建起来供自己享乐“万年”的“万岁山”，就这样几把火便完结了。而他自己，也被金兵俘虏北去！此诗一、三句极写当年园林景观之壮和楼船载运花石之盛；二、四句记述京城破后百姓随意出入内苑，纵火焚烧。通过两相对比，对徽宗当年的穷奢极欲行径进行了冷嘲热讽，总结了北宋覆灭的教训。

池州翠微亭[1]

岳　飞

经年尘土满征衣[2]，特特寻芳上翠微[3]。
好水好山看不足，马蹄催趁月明归。

岳飞(1103～1142)，南宋抗金名将，字鹏举，汤阴(今河南汤阴)人。出身佃农，北宋末年投军，做过宗泽的部下。他多次击败金兵侵犯，收复失地。因反对宋高宗、秦桧与金议和投降，被诬谋反下狱。绍兴十一年十二月二十九日(1142 年 1 月 27 日)被秦桧以“莫须有”的罪名杀害。宋孝宗时为他平冤建庙，赐谥武穆。宋宁宗时追封为鄂王。其诗词慷慨激昂，充满爱国情感。

① 池州：在今安徽贵池县。翠微亭：在贵池县南齐山之麓。唐时杜甫所建，周围青翠掩映，景致极美。

② 经年：常年。征衣：军装，战袍。

③ 特特：马蹄声。寻芳：探寻名花异草。此指游览胜景。翠微：即翠微亭。

征战的烟尘，年年沾满征衣。

马蹄特特，伴我赏景登翠微。
锦绣山河啊，总觉得看不够，
马蹄声催，只好戴月把营回。

安徽，是岳飞长期征战过的地方。绍兴四年(1134年)、十一年(1141年)，他曾两次在庐州(今安徽合肥)击败金兵。绍兴十一年，他还在舒州(今安徽安庆)驻扎过。这首诗描述了作者自己在戎马倥偬之际，登游齐山翠微亭时的情景。它不同于一般好游者的游山玩水。其一，无闲适之情。作者连年同金人作战，尘满征衣，难得有闲暇之时。所以，是在“特特”的马蹄声中夜晚登亭，又是在“马蹄催”中回营，匆忙万分！其二，充满强烈的爱国情感。“好水好山看不足”，体现了作者在祖国锦绣河山大半沦陷之际，对祖国所余一山一水发自肺腑的流连忘返之情。这不是一般的览胜诗，而是岳飞“发于心而冲于口”的心声。它真挚地表达了作者热爱祖国大好河山的特殊感情。

游山西村[1]

陆 游

莫笑农家腊酒浑[2]，丰年留客足鸡豚[3]。
山重水复疑无路，柳暗花明又一村。
萧鼓追随春社近[4]，衣冠简朴古风存[5]。
从今若许闲乘月[6]，拄杖无时夜叩门[7]。

陆游(1125～1210)，字务观，号放翁，山阴(今浙江绍兴)人。是我国历史上著名的爱国诗人。出生于金兵南侵之时，以后在家乡长期过着逃难生活，从小就有抗金从军的壮志。宋孝宗即位后，他曾任镇江府通判等职，积极支持张浚领导的江淮大军收复失地。北伐失败，被投降派免职还乡。1170 年，他担任四川宣抚使司干办公事兼检法官，协助宣抚使王炎，出入于南郑(今陕西汉中)和前线之间，之后，又做了他的好友、四川制置使范成大的参议官，为其赞助军务。1178 年以后，他在福建、江西、浙江等地做过几任地方官，为百姓做了一些好事。由于他始终坚持抗金复国，所以屡遭当权者的嫉恨，最后连地方官也丢了。晚年大部分时间都是在山阴老家度过的。其诗主要有两方面内容：一是主张恢复失土，解放沦陷区人民的忧国爱国诗篇，大气磅礴，悲愤激昂，这是主要的；一是描绘农村田园风光的诗作，闲适细腻，清新平淡。著有《剑南诗稿》。

① 山西村：在今浙江绍兴的鉴湖附近。

② 腊酒：泛指冬季酿造的米酒。腊，农历十二月称腊月。浑：浑浊。

③ 足鸡豚(tún)：形容菜肴丰富。豚，小猪。

④ 萧鼓：吹打乐器。春社：古代立春之后祭祀土地神（古称“社公”）的日子。时间在立春后的第五个戊日（古代用干支纪日）。

⑤ 冠：帽子。古风：古代的风尚。

⑥ 若许：如果允许。闲乘月：有空闲时趁着月明出外。

⑦ 无时：不时，随时。叩：敲。

译过来

不要笑话农家的腊酒啊，颜色太浑，
丰年待客，餐桌上也会有鸡肉腥荤。
山接山，水连水，正疑心前去路尽，
花明丽，柳色深，忽然间又现一村。
箫声鼓音不间断，原来春社已临近，
百姓衣帽多简朴，古代风尚今犹存。
今后如果能有空闲，乘着月光外出，
我将拄着拐杖，随时去敲你们家门。

乾道二年(1166年),陆游因支持张浚北伐金人,被当权者加上"力说张浚用兵"之罪,罢去了官职,回到故乡山阴鉴湖边住了四年。此诗是次年春天游湖边山西村时所作。全诗每两句诗为一个层次。先写农家尽其所有,招待诗人的淳朴和热情;次写沿途水曲山折、柳暗花明的自然风光;三写热闹、古朴的春社景象,在写景的同时,向人们展示了一幅南宋初年的农村风俗画;四写诗人游兴未尽,希望日后常去山西村做客,表现出对乡亲的一往情深。全诗八句,虽未明写一个"游"字,但诗意处处切合"游"字:游农舍,游山水,游神会,末了游兴还未尽。此外,三、四两句所表现的景象,虽在唐宋人诗中也有过类似的描绘,(如王安石《江上》:"青山缭绕疑无路,忽见千帆隐映来。")但谁也没能像陆游这样写得"题无剩义"(钱钟书《宋诗选注》)。

剑门道中遇微雨[①]

陆　游

衣上征尘杂酒痕[②]，远游无处不消魂[③]。

此身合是诗人未？细雨骑驴入剑门[④]。

① 剑门：山名。在今四川省剑阁县北。

② 征尘：旅途上所带的尘土。酒痕：酒渍。

③ 消魂：灵魂离开肉体，此指触景伤情。

④“此身”二句：唐代大诗人李白、杜甫等都曾骑过驴。如李白曾经骑驴过华阴，杜甫也有过“骑驴三十载”的诗句（《上韦左丞丈》）。此外，他们又都在四川生活过，写过诗。所以，陆游“骑驴入剑门”，自然会联想到这些。于是，便发出自问：我这个人应该是个诗人吗？合：应该。未：和“否”意义相同，用在句末表疑问。

衣衫沾满风尘，又杂有点点酒痕，

壮志未酬，四处奔波，令人伤神！

我啊，该不会命中注定要做诗人？

此刻恰如李、杜，雨中骑驴入剑门！

帮你读

乾道六年(1170 年),诗人在四川积极协助宣抚使王炎抗击金人。他经常往来于南郑和前线之间,进行视察,伺机出击敌人。乾道八年(1172 年)九月,王炎却被朝廷调回临安。十月,正在南郑的陆游,也被调往成都府路安抚司任参议官。那是一个空衔,实质上并无事干。诗人抗击金人、收复失地的热情受到沉重打击!这首诗就是十一月间,他离开当时抗金前线的军事重镇南郑、前往后方大城市成都,途经剑门山时所作。细雨中的剑门,风景应该是美好的,可诗人对此只字未提,因为他被从前线调离,心中充满愁思,哪有心思赏景!骑着毛驴入剑门,自然会联想到唐时行吟驴背的李杜,对自己有可能弃武从文而倍感悲怆。诗末二句自问自答,不是自诩(xǔ)而是自嘲。其中包含着一个前线战士不甘心抗金之志破灭、以诗人终老的满腔悲愤!

金错刀行[1]

陆　游

黄金错刀白玉装[2]，夜穿窗扉出光芒[3]。
丈夫五十功未立[4]，提刀独立顾八荒[5]。
京华结交尽奇士[6]，意气相期共生死[7]。
千年史策耻无名[8]，一片丹心报天子[9]。
尔来从军天汉滨[10]，南山晓雪玉嶙峋[11]。
呜呼！楚虽三户能亡秦[12]，
岂有堂堂中国空无人[13]！

① 金错刀：用黄金装饰的刀。错，以金涂饰。行：古代诗歌的一种体裁。

② 白玉装：指用白玉装饰刀柄。

③ 扉(fēi)：门。

④ 丈夫：成年男子。此为作者自称。五十：五十岁。作者1173年写下此诗，时为四十八岁。五十乃取其整数。

⑤ 顾：环视。八荒：四面八方很远的地方。荒：边远之处。

⑥ 京华：国都。此指南宋京城临安(今浙江杭州)。奇士：才能出众的人。

⑦ 意气：志气。此指豪壮的气概。相期：互相期望、勉励。

⑧ 史策：史书。策，成编的竹简。

⑨ 丹心：赤心，忠心。

⑩ 尔来：近来。天汉：汉水，即江汉。源于陕南，流入长江。

⑪：南山：终南山。在今陕西、甘肃境内。嶙峋（lín xún）：形容山石突兀不平的样子。

⑫ “楚虽三户”句：战国时，秦国采用外交孤立、欺骗、交战等手段，占领楚地，扣留楚怀王。楚人无比愤恨。当时楚国民谚说：“楚虽三户，亡秦必楚。”意谓楚国即使剩下三户人家，但最后灭掉秦国的一定还是楚国。

⑬ 岂有：哪里会有。堂堂：形容严正有力。中国：本指汉族人民生活的黄河中下游一带。此指北宋原来统治的中原地区。

刀面涂饰着黄金，刀柄有白玉镶嵌，
黑夜无法把它吞没，光芒射穿门窗。
我今年纪近五十，尚无功劳于国邦，
提刀独立，环顾四野，心中空茫茫。
啊，京都临安，还有我结交的奇士，
大家志气昂扬，同生共死相互期望。
千年青史如果无名，谁不感到羞耻，
一片赤诚之心，理应报效大宋帝王。
不久前，我曾随军出巡过汉水前线，
晨雪覆盖的南山远影，至今还未忘。

啊！楚人虽剩三户，还想灭掉秦国，
不信我堂堂大宋，竟会无一位忠良！

这首诗是乾道九年(1173 年)十月，诗人担任蜀州通判并摄知嘉州(代理嘉州的行政长官。嘉州在今四川乐山)时所写。此诗借咏刀以言志，抒发自己誓死抗金、坚信南宋必胜的豪情。诗的开始，先慨叹自己这位“提刀”人年近五十，却于国无功，环顾四野，心中茫茫。这是针对他自己 1170 年参加王炎军队以来，屡受挫折，报国之志难以实现的逆境而发的。但是，过去几年巡视汉水、南山，抗击金兵的实践，使他变得更加坚强，讨伐金人收复失地的意志愈加坚定。他想着，只要联合起京都结交的爱国“奇士”，相互激励，同生共死，一定能干出一番事业。诗末，他用楚国的民谚“楚虽三户，亡秦必楚”来激励自己，坚信光复国土的大业一定能够实现。全诗意气慷慨，声势豪壮，使人感到诗人那颗赤诚、炽热的爱国之心在激烈地跳动！

病起书怀

陆　游

病骨支离纱帽宽[①]，孤臣万里客江干[②]。
位卑未敢忘忧国[③]，事定犹须待阖棺[④]。
天地神灵扶庙社[⑤]，京华父老望和銮[⑥]。
出师一表通今古[⑦]，夜半挑灯更细看[⑧]。

① 支离：分散。“病骨支离”，犹今之说法“骨头散了架”。纱帽宽：因病而瘦，故感到纱帽宽松。

② 客：客居，暂居。江干：岷江边。干，岸。

③ 卑：低微。

④ 阖(hé)棺：盖上棺材。指代死。

⑤ 庙社：宗庙（古代帝王祭祀祖宗的处所）和社稷（本是土地神和谷神，古代立国者必立这二神，以便国人求福报功）。封建时代把二者作为国家的象征。

⑥ 京华：京都。此指北宋京都汴京。父老：对老年男子的尊称。此指百姓。和銮：车铃。在车前的叫“和”，在马衔（马嚼子）上的叫“銮”。一般以“和銮”指代皇帝的车。

⑦ 出师一表：即《出师表》。227 年，三国蜀丞相诸葛亮率师北上伐魏。进驻汉中。临行时上给后主刘禅的一个奏章，名《出师表》。

⑧ 更：再，又。

身体瘦弱骨架散，头上乌纱也觉宽，
距京万里，我独自家居在岷江水边。
官职低微，从来不敢忘记国家安危，
流言诬陷，总须等到盖棺才能定断。
天地神灵，庇佑着我大宋社稷江山，

汴京百姓，日夜盼望皇帝御驾北还。
诸葛孔明《出师表》，于今仍有借鉴。
夜深人静，独自挑灯，悉心再钻研。

这首诗是淳熙三年(1176 年)诗人客居成都时所写。前一年六月，诗人好友范成大来四川担任制置使(负责边防军事的长官)，他也被调去做了参议官。两人志同道合，使他收复失地的雄心又重新点燃。但由于积极主战，谏官们诬陷他以前摄知嘉州时“燕饮颓放”(意为经常设宴饮酒，志气消沉，行为放纵)，就在这年连刚刚宣布任命他的嘉州知州也给免掉了。他虽被重新安排为主管台州(今浙江临海县一带)桐柏崇道观，但那是个虚衔，用不着到职。于是，他自号“放翁”，客居岷江水畔。严重的打击，使他悲愤交加，却依然不忘国家安危。至于自身遭陷，他坚信至死历史总会做出公断。这表现了一个爱国诗人以天下为己任的宽阔胸襟和高尚情操。诗末，叙述他夜半挑灯细读《出师表》的情节，使人倍加感动。他虽职微权无，但仍然不忘从当年诸葛亮自汉中出祁山北伐曹魏的谋略中寻求借鉴，以期取得北伐金国、收复失土的胜利。全诗情调慷慨激扬，毫无“颓放”之迹。

关山月[①]

陆　游

和戎诏下十五年[②]，将军不战空临边[③]。
朱门沉沉按歌舞[④]，厩马肥死弓断弦[⑤]。
戍楼刁斗催落月[⑥]，三十从军今白发[⑦]。
笛里谁知壮士心[⑧]？沙头空照征人骨[⑨]。
中原干戈古亦闻[⑩]，岂有逆胡传子孙[⑪]？
遗民忍死望恢复[⑫]，几处今宵垂泪痕[⑬]！

讲一讲

① 关山月：汉乐府中“横吹曲”（本为西域军乐）名之一。此处借用乐府旧题，抒发对现实的感慨。

② “和戎”句：宋孝宗隆兴元年（1163 年），下诏与金人议和，到淳熙四年（1177 年）陆游写此诗时，已将近十五年。戎，古代对西北少数民族的通称。此指金人。诏，皇帝的命令。

③ 空临边：白白到边疆去。

④ 朱门：封建社会，大官均用朱红油漆漆大门。所以，“朱门”便成了豪门贵族的代称。沉沉：形容房屋重叠幽深。按歌舞：按着乐曲节奏，边歌边舞。

⑤ 厩（jiù）：马棚。

⑥ 戍(shù)楼:边界上用以守望的岗楼。刁斗:古代军中用以打更、做饭的器具,铜制。

⑦ 从军:当兵。

⑧ 壮士:战士。

⑨ 沙头:战场边。沙,沙场,战场。

⑩ 中原:此指淮河以北被金人占领的地区。干戈:古代的两种兵器。此借代战争。

⑪ 逆胡:叛逆的胡人。此指金人。

⑫ 遗民:遗留在金人统治区的宋朝百姓。

⑬ 几处:不止一处。今宵:今晚。

与金国议和的诏令,已经发出十五年,
武将个个按兵不动,不过是白到边关。
朝廷大员闲居深宅大院,听歌又赏舞,
战马因肥而死,弓弦变朽,不拉自断。
岗楼刁斗夜夜常敲,好似只为催月落,
三十岁从军当兵,而今头发白如霜染。
横笛一曲《关山月》,其中悲愤有谁知,
沙场寒月,空照着士卒骨骸含恨长眠。
自古中原大地,多少回遭受外族侵犯,
哪有像今天,听任金人占领子孙相传?
沦陷区的南宋遗民,苦熬着盼望光复,
今晚有多少地方啊,人们痛哭泪不干!

帮你读

这首诗是淳熙四年(1177 年)初春,陆游在成都时所写。前一年诗人刚因"燕饮颓放"之罪被罢去知州之职,可他那爱国之志却毫不动摇,毅然写下了这篇谴责时政的千古名篇。诗的开首,先以辛辣的笔触,揭露了在南宋统治者投降卖国的"和戎"政策下,文恬武嬉,不恤国难的腐败现实。接着由近及远,描述了疆场上抗金战士渴望杀敌报国之志难酬的苦闷以及为国牺牲的士兵九泉之下的遗恨。诗末,又一次抒写了金人占领区广大遗民苦撑死熬、渴望恢复的迫切心情。全诗以无比感人的艺术形象,揭示出那个时代尖锐复杂的民族矛盾和阶级矛盾。更值得人敬佩的是,诗人从历史的角度考察得出结论:不得人心的女真贵族,幻想子孙万代长期霸占中原是不可能的!短短十二句,思想内容广阔,情调忧愤悲凉,堪称千古佳作。

闻雁

陆游

过尽梅花把酒稀①，熏笼香冷换春衣②。
秦关汉苑无消息③，又在江南送雁归④。

① 过尽梅花：观赏完梅花。过，探望，此作观看讲。把酒：手拿酒杯。稀：少。

② 熏笼香冷：熏笼：冬天熏衣的用具。熏衣时炉中要放上香料。此时天气渐暖，已换春衣，炉火停烧，所以说“香冷”。

③ 秦关：秦时的函谷关，在今河南灵宝县西南。汉苑(yuàn)：指西汉上林苑，在今陕西西安附近。是西汉帝王射猎的地方。苑：古代帝王置林池、畜鸟兽、种花卉以供游乐的处所。无消息：意指仍为金人占领，没有恢复的消息。

④ 雁归：天气暖了，鸿雁飞回北方。

赏尽了腊梅，饮酒的次数也渐渐变稀，
熏笼停烧，香气散去，又该换上春衣。
函谷关、上林苑，依然没有光复消息，
只能年年困江南啊，目送大雁又北去！

这首诗是淳熙七年（1180 年）正月，诗人在抚州（今江西临川）任提举江南西路常平茶盐公事（主管茶盐专门事务的官）时所写。开首两句点出时令，冬去春来，又过了一个羞辱之年！时光易逝，但年复一年讨伐金人、收复失地的壮志却难以实现。诗末两句，明白不过地透露出这位爱国志士的悲愤和焦急。他想起秦关，想起汉苑，想起黄河流域的大好河山。这些汉族人民世代用心血浇灌的锦绣大地，却依然被金兵的铁蹄践踏。诗人那颗炽热的爱国之心，除了跟随鸿雁年年向北飞去，又能如何？字里行间，蕴藏着对南宋小朝廷偏安江南、忍辱求和政策的无比愤慨。

书　愤[①]

陆　游

早岁哪知世事艰[②]，中原北望气如山[③]。

楼船夜雪瓜洲渡[④]，铁马秋风大散关[⑤]。

塞上长城空自许[⑥]，镜中衰鬓已先斑[⑦]。

《出师》一表真名世[⑧]，千载谁堪伯仲间[⑨]？

讲一讲

① 书愤：写出心中的积愤。

② 早岁：指诗人自己壮年时期。世事艰：指收复中原大计受到投降派的种种阻挠破坏。

③ 气如山：收复失地的壮志豪气，有如山岳。

④“楼船”句：绍兴三十一年（1161 年）冬天，金主完颜亮南侵，一度占领瓜洲，并打算从此渡江。宋将刘锜、虞允文等造战舰抵抗，结果完颜亮为部下所杀，金兵溃败。1164 年，诗人任镇江通判时，曾踏雪登高，“望风樯战舰”。楼船，高大的战船，舱内有楼层。瓜洲，在今江苏邗江县南长江边上，与镇江斜峙，为当时重要的军事据点。

⑤“铁马”句：绍兴三十一年（1161 年）秋，金兵侵占大散关，后经宋将吴璘激战，才于次年败退。1172 年诗人在四川宣抚使

王炎部下任职时，曾到过大散关视察。铁马，披着铁甲的战马。大散关，在今陕西宝鸡西南的大散岭上。当时南宋与金的西部以大散关为界。

⑥ 塞上长城：《南史·檀道济传》载，南朝刘宋（420～479）的大将檀道济勇敢抵抗过北魏的侵犯。南朝宋文帝杀他时，他怒呼："乃坏汝万里长城。"空自许：诗人慨叹自己少壮时也曾以"塞上长城"期望过自己，结果却落了空。自许：自己期望自己。

⑦ 鬓：额边的头发。斑：花白。

⑧ 名世：名声著于世。

⑨ 堪：能。伯仲间：兄弟之间。意谓可以相提并论。伯仲，古时兄弟伦次长为"伯"，次为"仲"。

年轻时，哪里懂得实现恢复大业的艰难，
北望中原失地，杀敌豪气就像倒海排山。
遥想当年，刘锜在瓜洲船战击溃完颜亮，
吴璘亲率铁马，与敌周旋，夺回大散关。
我也曾自许"塞上长城"，决心抵御金兵，
谁知面对铜镜，两鬓花白，遗恨竟万年。
诸葛亮那篇《出师表》，真够上名传后世，
千载以来啊，还没有谁能与他相比并肩！

这首诗是诗人淳熙十三年（1186 年）春，被任命为权知严州

（在今浙江建德一带）之职后，回山阴故居探亲时所作。这一年，他已六十一岁。坎坷的大半生，使他认识到抗金复国道路的艰难。诗的前半部分，叙述了他早年不可动摇的杀敌志向和对镇江、南郑军旅生活的留恋。后半部分，先慨叹自己衰鬓已斑，当年"塞上长城"的自许已经变为空谈；再从称赞诸葛亮的《出师表》说起，哀叹南宋小王朝中没有像孔明那样"奖率三军，北定中原"的英雄。愤怒出诗人。陆游也曾说过："盖人之情，悲愤积于中而无言，始发为诗。不然，无诗矣。"（《渭南文集》卷十五《澹斋居士诗序》）此诗雄浑悲壮，抒发的正是诗人在南宋王朝投降卖国政策压抑下，郁积了许久的愤懑（mèn）失望之情。纪昀评此诗时说："此种诗是放翁不可磨处。集中有此，如屋有柱，如人有骨。"用今天的话说，这类爱国诗篇，正是陆游诗的主旋律！

柳桥晚眺[①]

陆 游

小浦闻鱼跃[②]，横林待鹤归[③]。
闲云不成雨[④]，故傍碧山飞[⑤]。

讲一讲

① 柳桥：在今浙江绍兴东南。眺(tiào)：远望。

② 浦(pǔ)：水滨。

③ 横林：纵横交错的灌木树枝。

④ 闲云：闲散的浮云。

⑤ 傍(bàng)：靠近。

小溪之滨，能听到鱼儿跳水的声音，
纵横交错的树林，静候着白鹤飞回。
几片闲散的浮云哟，总难汇成小雨，
只好贴着那碧绿的山腰，缓缓飘飞。

这首诗是嘉泰元年（1201年）八月，诗人闲居山阴故居时所作。这首诗由近及远，由低到高，描写了傍晚小浦、横林、闲云、碧山的美丽景象。鱼儿跳跃，显示出静中有声；横林待鹤，暗示出物也有情；闲云飘飞，表现了静中有动。寥寥数笔，勾勒出一幅江南水乡的暮色画。全诗气氛恬静，但细细品味，轻松之中也透出一股忧愤之情。“闲云不成雨”，不正是诗人那“塞上长城空自许”、报国之志难酬的写照吗？梁清远评陆游晚年村居诗时说：“陆放翁诗，山居景况，一一写尽，可为山村史。但时有抑郁不平之气。”（《雕丘杂录》）可谓深解其味。

示　儿[①]

陆　游

死去元知万事空[②]，但悲不见九州同[③]。

王师北定中原日[④]，家祭无忘告乃翁[⑤]。

① 示儿：给儿子看的诗。

② 元：本来，原先。

③ 但：只。九州：我国古代中原地区分九州。后用来泛指中国。同：指国家统一。

④ 王师：犹言官军。指宋朝的军队。定：平定。

⑤ 家祭：在家备供品祭祀祖宗。乃翁：你的父亲。作者自谓。

本来就知道，人死之后啊一切都会变空，

悲愤的只是，没亲见祖国河山成为一统。

若果有一天，朝廷的官军北伐平定中原，

家祭之时，千万不要忘记告诉父亲一声！

这是嘉定二年十二月(1210 年 1 月),诗人临终前在病榻上留下的最后一首诗,既是“绝笔”,也是“遗嘱”。在这首七绝中,诗人以沉痛的语调向孩子诉说了自己终生未了的心事:没有亲见祖国河山的统一;又以热切的笔触,抒写了自己由衷的期望:南宋北定中原之时,一定要告知他地下之灵!全诗表达了爱国诗人对恢复中原失土的坚定信念,表现了他对国家民族一往情深、九死不悔的伟大精神。全诗不事雕饰,“率意直书,悲壮沉痛,……可泣鬼神”(贺贻孙《诗笺》)。综观中国历史,曾经出现过不少爱国诗人、作家,但是像他这样在诗中不仅抒写对国事之忧愤,而且申明卫国的胆量和决心,把毕生心力全部用在抗敌复国事业之中的人,却实在不多!

催租行

范成大

输租得钞官更催[1]，踉跄里正敲门来[2]。
手持文书杂嗔喜[3]：
“我亦来营醉归尔[4]！”
床头悭囊大如拳[5]，扑破正有三百钱：
“不堪与君成一醉[6]，
聊复偿君草鞋费[7]。”

范成大(1126～1193)，字致能，号石湖居士，苏州吴县(今江苏苏州)人。生于宋都汴京沦陷之时，长于丧乱流离之中。父母早逝，少年时家境困苦。二十九岁中进士，做过地方官和著作佐郎(办理朝廷汇编每日时事之职)等。1170 年，出使金国，为坚持宋金两国的地位平等，抗争不屈，几遭杀害。写有使金绝句七十二首，表现了作者渴望祖国统一之情，堪称史笔。由于投降派的排挤，他被派到边远外任，先后在桂林、成都、宁波、南京做过多年地方官。能注意施行善政，减轻农民负担，颇得人心。1178 年，曾回朝做过参知政事(相当于副宰相)，但由于与宋孝宗政见不合，仅仅两月，便得罪落职。晚年归隐石湖(在今苏州)。他是南宋著名诗人。其诗题材广泛，清丽精致，富有韵味。其《四时田园杂兴六十首》，在一定程度上改变了传统田园诗那种专事粉饰、美化农村生活的本质，把田园诗推到了新的境地。

① 输租得钞：交了租，拿得收据。钞，户钞，宋代官府收租后发的凭据。更催：又一次来催。

② 踉跄（liàng qiàng）：走路不稳的样子。里正：地方官名。古代居民聚居的地方叫里。每里少则二十五户，多则一百户。里设长，汉朝以来称"里正"。宋朝里正多由里中地主、富户担任。

③ 文书：即"钞"。嗔（chēn）：发怒、生气。

④ 营：图谋、寻求。尔：同"耳"，罢了。

⑤ 悭（qiān）囊：指"扑满"。一种储放零钱的陶罐，用钱时便将它打破。后句的"扑破"即打破。

⑥ 不堪：不够。君：您。对里正的尊称。

⑦ 聊复：姑且。草鞋费：从宋时起，公差、地保勒索百姓小费的一种名目。

手持收据租交过，官家来人又催索，
里正歪歪又斜斜，咚咚敲门急如火。
接过收据忽尴尬，脸色由怒变做乐：
"嘻，我不过，找你讨杯酒来喝！"
床头有个小扑满，比拳大不了许多，
赶紧把它来打破，正好铜钱三百个：
"一点小钱啊，哪里够你去把酒喝，
暂且送上，权当草鞋费，不要推脱！"

这首诗是诗人早年的作品。题目之下，原有“效王建”三字。其实王建并无这种题目的诗，他只是学习王建那种乐府风格而已。由于诗人少年时父母双亡，漂泊外地；加之为了科举，也曾奔走于建康、临安等处。行旅使他更有机会接触人民，写下了不少反映南宋农民悲惨生活的诗歌。催租，本是古代作家笔下的老题材，然而诗人却能通过深刻的观察，写出官家的新伎俩：百姓交了租，照样还来催！这样的选材，令人耳目一新。接下去，诗人更以漫画手法，描绘了里正敲诈勒索穷苦百姓的丑态：先是趾高气扬，摇摆作态；待看到交租文书，又由威怒变做死皮赖脸，强讨酒喝——实际是“巧要钱”；区区三百文，也不放过！可怜的百姓，打破扑满，忍痛拿出多日积攒的一点钱，还得陪着笑脸劝里正收下“草鞋费”！全诗仅五十六字，写得有人物，有情节，向人们活脱脱地展现出一幕无赖里正向百姓巧取豪夺的滑稽剧场面，读后既觉可笑，又觉得可憎、可悲。

州　桥[1]

范成大

州桥南北是天街[2]，父老年年等驾回[3]。

忍泪失声询使者[4]："几时真有六军来[5]？"

① 州桥：诗题后原有小序："南望朱雀门，北望宣德楼，皆旧御路也。"朱雀门，北宋汴京城的正门楼；宣德楼，北宋宫城的正门楼。御路，古时皇帝车驾出入京城的街道。北宋汴京的御路，由宣德楼向南，经过横跨汴河的州桥（又名天汉桥），直达朱雀门。

② 天街：即御路。

③ 父老：指年老的百姓。

④ 使者：指南宋派往金国的使臣。

⑤ 六军：古代以一万二千五百人为一军。古代天子有六军。此指南宋的军队，即"官军"、"王师"。

天汉桥南北，昔日曾是皇帝必经的大街，

汴京城的父老们，年年盼望着御驾北回。

他们强忍泪水，哽咽着向南使打听音讯，
“什么时候啊，大宋军队才真会到来？”

这首诗是诗人乾道六年（1170年），以资政殿大学士身份出使金国，路经沦陷后的北宋旧都汴京时所写。诗人站在州桥上遥望昔日的南北御路，心中自然生起了今昔兴亡之感。诗中虽没有点明他的内心如何悲伤，但只要联系下文所写汴京父老对南使“忍泪失声”的询问，读者不仅可以感受到中国北方老百姓急切要求解除民族压迫的愿望，同时也可以体味到诗人对自己不能解救百姓于水火的痛心和对南宋王朝投降苟安政策的不满。此诗文笔简洁，但内容却异常深刻，给读者留下许多想像的余地。

翠　楼[1]

范成大

连衽成帷迓汉官[2]，翠楼沽酒满城欢[3]。

白头翁媪相扶拜[4]："垂老从今几度看[5]！"

① 翠楼：原题目之下有小序："在秦楼之北，楼上下皆饮酒者。"揭示了翠楼的位置和饮酒人数之多。翠楼、秦楼，均为相州（今河南安阳）城内酒楼名。

② 衽（rèn）：衣襟。帷（wéi）：围帐。迓（yà）：迎接。汉官：南宋派往金国的使臣。

③ 沽（gū）酒：买酒。

④ 翁媪（ǎo）：老翁、老妇。

⑤ 垂老：将老之人。古人以七十岁为"老"。几度：几次，几回。

遗民的衣襟连成围帐，聚迎南宋使官，

翠楼上下，个个举杯把盏，倾城齐欢。

白发老翁老妇相互搀扶，向宋使跪拜：

"将老之人，还能有几回再把你见！"

这首诗是诗人出使金国，途经金人占领区相州时所作。诗中采用了从面到点的顺序，逐次向人们展示了相州城内众多遗民比肩接踵聚集一起，争迎宋使的感人场面：白发飘拂的老翁老妇相扶跪拜，伤叹自己垂暮之年怕再难见到南宋官员的特写镜头，生动地描述了中原遗民渴望归宋的真挚情感。诗人在出使金国的日记《揽辔录》中，曾对途经相州做过这样的记载："遗黎往往垂涕嗟啧，指使人云：'此中华佛国人也！'老妪跪拜者尤多。"这首七绝，正是透过遗民的"垂涕嗟啧"（流着眼泪，发出赞叹）的现象，深切地揭示了他们藏在心底的真正愿望。此诗和《州桥》一样，虽在情节上有些出于想像虚构，如"忍泪失声"询问、"连衽成帷"迎接等公开行动，但人们读后却感到入情入理，其原因正在于此。

四时田园杂兴[①]（五首）

范成大

（一）

土膏欲动雨频催[②]，万草千花一晌开[③]。

舍后荒畦犹绿秀[④]，邻家鞭笋过墙来[⑤]。

①《四时田园杂兴》：共六十首，分"春日"、"晚春"、"夏日"、"秋日"、"冬日"五组，每组十二首。是淳熙十三年（1186 年），诗人晚年在石湖养病时写的。杂兴（xìng），意谓随兴写来，没有固定题材的诗篇。

② 土膏：肥沃的土地。欲动：即将松动变软。频：接连多次。

③ 一晌（shǎng）：一会儿。

④ 荒畦（qí）：荒地。畦，田间所分的耕作小区。

⑤ 鞭笋：竹根上冒出的新芽。鞭，竹子埋在地下的茎。

春雨不断，催促着肥沃的大地敞开胸怀，

千万株芳草鲜花，霎时间全都破土绽开。

屋后的荒地，竟然也换上了秀美的绿装，

邻家的竹根，悄悄地穿过墙基冒出笋来。

这首诗描绘了春回大地、万草千花欣欣向荣的景象。春天的力量是无穷的，它可以用春雨催促大地解冻，也可以用春光照耀得草长花开。春天的心意是无私的，不管是沃土、荒畦，也不管是房前屋后，都一视同仁地赐予春色，即使深藏在地下的竹根，也同样会感受到春的讯息。末句“邻家鞭笋过墙来”，比之“一枝红杏出墙来”（《游园不值》），虽然一写地下，一写空中，但从显示春的力量上看，却有异曲同工之妙。这是一首田园之春的赞歌，笔调轻松，饶有情趣。

（二）

昼出耘田夜绩麻①，村庄儿女各当家②。
童孙未解供耕织③，也傍桑阴学种瓜④。

① 耘田：在田间除草。绩麻：把麻捻成线或麻绳。古代老百姓常用麻织布做衣服。

② 各当家：各当一行。

③ 未解：不懂。供：从事，参加。

④ 傍桑阴：在靠近桑树荫凉的地方。

白天田间除草，夜晚灯下忙纺麻，
乡村男男女女，各干一行无闲暇。
别说那小孙孙，还不懂耕田织布，
可他啊，也蹲在桑荫下学着种瓜。

这首诗真实描述了晚春初夏农活繁忙季节农家的紧张劳苦。诗的前两句，先从面上描写：不论是男是女，都能各顶一行，起早摸黑，耕田纺麻。这已是常事，尚不足为奇。后两句，笔锋一转，从点上突出了连处在孩提时代的小孙孙，也在大人的影响下，放弃玩耍，懂事地在桑树旁边刨窝点瓜。这样处理，避免了平直呆板，增加了无穷情趣。这首诗反映了劳动人民热爱劳动的优秀品质。语言清新明白，耐人寻味。

（三）

采菱辛苦废犁锄①，血指流丹鬼质枯②。
无力买田聊种水③，近来湖面亦收租！

① 废犁锄：犁锄已用不上，闲置一边。

② 流丹：流出鲜红的血。鬼质枯：体质枯瘦如鬼，没有人形了。

③ 聊：姑且。种水：指在水中种菱角。

早知种菱太辛苦，但又无田使犁锄，
手指鲜血流，水蒸日晒人瘦如骷髅。
只因无钱置土地，暂且种菱把命度，
可是近来啊，公用湖面地主也收租！

这首诗描述了失去土地的种菱百姓的苦愁：手指被划破，鲜血淋漓；风吹日晒水蒸，加上饥饿，折磨得失去人形。这些苦难，还算不得什么。最使他们发愁的，却是那些兼并他们土地，迫使他们逃往湖面种菱糊口的官僚地主。这些人犹如嗜血成性的豺狼，竟然把利爪伸向公用湖面，叫嚷种菱也得交租。事例典型，一针见血地揭露了封建盘剥的无孔不入！此诗用词新鲜，不说"种菱"而言"种水"，意在与"种田"相对。没有了"田"才种"水"，突出了"田"对农民的重要！

（四）

朱门乞巧沸欢声[1]，田舍黄昏静掩扃[2]。
男解牵牛女能织[3]，不须徼福渡河星[4]。

① 朱门：指代豪门富户。乞巧：古时民间风俗。传说农历七月七日，天上的牛郎织女二星，可以渡过银河相会。此夜，人间妇女有的用彩线穿七孔针比巧，有的在庭院中摆上瓜果向织女星乞巧。沸欢声：欢声有如开水沸腾。

② 田舍：指农家房屋。扃（jiōng）：门扇。

③ 解：懂得，明白。

④ 徼（jiāo）福：乞求智慧的福分。徼，通"邀"，求。渡河星：指织女星。

富人家女子呵正乞巧，欢声犹如沸水腾，
刚临黄昏，农家却关上门户，一片寂静。
他们呵，男懂牵牛耕田，女会织布纺线，
何须浪费时间，面对夜空，乞求织女星！

这首诗通过七月七乞巧之夜，贫富人家庭院一静一欢的对比，不仅高度颂扬了农家儿女灵巧无匹，而且向人们揭示了一个深刻的哲理：聪明才智，本是劳动积累；可那些豪门女儿，却偏偏好逸恶劳，所以只得向虚无缥缈的天宫去乞求智慧。她们的乞巧，说穿了不过是饭饱茶余之后的寻欢作乐而已！农家女儿，既无那些祭祀织女的供品，也没那份闲功夫！一个“解”字，既说明了农家静寂的原因，也充分表达了农家儿女无比的自豪感。

（五）

黄纸蠲租白纸催[①]，皂衣旁午下乡来[②]：
“长官头脑冬烘甚[③]，乞汝青钱买酒回[④]。”

① 黄纸蠲(juān)租：皇帝的诏书已经宣布免除了灾区的租税。黄纸，古时天子的诏书、文告，均用黄纸书写，故以“黄纸”代称。白纸：地方官府的公文。

② 皂衣：黑衣。官府隶役常穿黑衣，故以“黑衣”指代官府的公差。旁(bàng)午：往来交错、多而且乱的样子。

③ 冬烘：糊涂。

④ 乞：讨，求。青钱：铜钱。古时铜钱以铜、铅等合铸而成，呈青色。

朝廷下诏免租税，官府文书照样催，
公差穿梭来乡下，吵吵嚷嚷不肯回：
“长官糊涂办不了事，好歹在我身，
谁肯孝敬我买酒钱，保他不吃亏。”

这首诗描述了农民受灾后，依然身受层层盘剥的苦难：皇帝只是下个官样文章，免除租税不过是说说而已；官府的贪官，心领神会，所以照催不误；狡诈的公差更要借机炫耀自己的厉害，欺上压下，额外向农民榨取买酒钱（和《催租行》中的“草鞋费”是一回事）！深刻揭露了南宋王朝官吏贪污腐败、差役敲诈勒索的黑暗现实。总的来看，范成大的田园诗，吸取了《诗经·七月》到唐代《新乐府》那种反映农村社会现实的传统特色，改造了自陶渊明以来直至唐代王维等人田园诗中专事美化、粉饰的本质。钱钟书先生曾说过：“我们看中国传统的田园诗，也常常觉得遗漏了一件东西——狗，地保公差这一类统治阶级的走狗以及他们所代表的剥削和压迫农民的制度。”（《宋诗选注》）范诗无美化，无粉饰，把那些“狗”刻画得真可谓淋漓尽致！从形式上看，范诗一改以往的古体，而采用七言绝句。他把田园诗推到了一个新的境地，为我国诗歌发展做出了新贡献。

小 池

杨万里

泉眼无声惜细流①，树阴照水爱晴柔②。
小荷才露尖尖角③，早有蜻蜓立上头。

杨万里(1127～1206)，字廷秀，号诚斋，吉州吉水(今江西吉水)人。家境清贫，中进士后，做过地方官，在朝廷只担任过秘书监(主管图书、秘籍等)，属文学“清秘”之职，和政权不沾边。为官清明俭朴，刚直敢言，宋孝宗憎恶他，终不能大用。晚年家居，因忧愤国事病死。他是南宋著名诗人，与当时的陆游、尤袤、范成大并称为“中兴四大诗人”。初学“江西派”诗歌，后学王安石及晚唐诗，终自成一家，号称“诚斋体”。诗风新奇活泼，风趣幽默，层次曲折，变化无穷。语言平易自然，接近口语，间或引用，也多是俗语常谈。内容上多属描写自然景物之作，也有一些反映劳动人民生活和抒发爱国情感的诗篇。有《诚斋集》。

① 泉眼：清泉出水之处。惜：吝惜。

② 树阴：此指日光下的树影。晴柔：晴天柔和的阳光。

③ 尖尖角：还未绽开的嫩荷叶的尖端。因成角状，故云。

译过来

泉眼默默地淌着细流，吝啬得如同滴油，
绿阴荡漾在水面，好像专为把柔光追求。
嫩绿的荷叶还未绽开，刚刚露出尖尖角，
一只红蜻蜓早已捷足先登，落在它上头。

帮你读

杨万里是以诗歌描写自然景物的巨匠。他从不因袭古代作家言情写景的名句佳话，而是靠着自己敏锐的观察，独特的想像，写出生动泼辣、充满浓厚生活气息的诗篇。《小池》的一、二句，听到“泉眼无声”，便想到它无比吝啬“惜细流”。看到“树阴照水”，便想到它是为热“爱晴柔”。读之使人不得不为他的奇特想像而叫绝。“惜”、“爱”二字，用得十分精当，使无情之物变得有情，但遣词却似毫不费力。诗末两句，更像信手拈来，脱口而出，同样给人展示出一种极美的艺术形象：嫩绿的荷叶尖尖上，紧叮着一只鲜红的蜻蜓。令人耳目一新！诗人的成功在于他手眼敏捷，善于捕捉那妙趣横生的一瞬，使之在诗中成为永恒。难怪与他同时代的大词人姜夔（kuí）称赞他说：“处处山川怕见君”——意指山川风光若让他看到，就能被活脱脱地写进诗里！

悯 农[1]

杨万里

稻云不雨不多黄[2]，荞麦空花早着霜[3]。
已分忍饥度残岁[4]，更堪岁里闰添长[5]。

讲一讲

① 悯农：哀怜农民。

② 稻云：大片稻田好像空中的云块。不多黄：不很成熟，籽粒不饱满。

③ 荞麦：粮食作物。一年生草木，花白或淡红，籽粒呈三棱卵圆形，可食。着(zháo)霜：遇到下霜。

④ 已分(fèn)：已经知道。残岁：年尾，一年中的最后几月。

⑤ 更堪：更难忍受。堪，等于"不堪"，不能忍受。闰添长：增添了闰月，时间比平常的一年更长。此诗写于孝宗隆兴二年(1164 年)。这年有个闰十一月，故云。

译过来

稻田如云，因着天旱颗粒未满瓤，
荞麦花儿还没结子，便碰上霜降。
早料到岁末要挨饿，日子够恓惶(xī huáng)，更叫人愁哟,添了个闰月年更长!

帮你读

诗人选取了天旱缺雨稻实不饱、霜期早来荞麦空花两个典型事例,向读者展示了一个饥馑之年必然到来的凶兆。秋粮严重歉收,冬季料定挨饿,这已使农家不寒而栗;然而,作者在诗末更添一笔:今岁还有闰月,时间比往年更长!短缺的口粮,增长的岁月,这一矛盾更增添了农民心头的愁伤。诗人若不出自贫寒之家,若不为官俭朴清廉,哪能体味农家愁苦如此深刻!悯农之心足未明言,却尽在字里行间。

初入淮河[1]（三首）

杨万里

（一）

船离洪泽岸头沙[2]，人到淮河意不佳。

何必桑乾方是远[3]，中流以北即天涯[4]。

① 初入淮河：原诗共四首。此选一、三、四首。淮河，源于河南省桐柏山，东流经河南、安徽等省，到江苏入洪泽湖。南宋与金国的疆界线为东起淮河，西至陕西宝鸡的大散关。线南属宋，北边归金。

② 洪泽：湖名，在今江苏、安徽之间，与淮河相通。诗人从此北行入淮河。

③ 桑乾（gān）：河名。源于山西朔县，流入北京附近为永定河，到天津入海。北宋时，桑乾河以北才是金人管辖范围。方：才。

④ 中流以北：即淮河主水道的北面。天涯：天边，即那里已不是南宋的疆土。

译过来

船儿离开洪泽湖的滩头，向北进发，
刚进入淮河，心头就感到羞辱交加！
再不必说过了桑乾河啊，才算边疆，
而今河心以北，早已成了异国天涯。

（二）

两岸舟船各背驰[1]，波痕交涉亦难为[2]。
只余鸥鹭无拘管[3]，北去南来自在飞。

讲一讲

① 背驰：指淮河南北岸，宋、金的船只相互背道而驰。

② 波痕交涉：意指宋、金虽以淮河主水道为界，但波浪仍然混合一起。

③ 无拘管：无人管理约束。

淮河两岸的舟船啊，相互背道而去，
波浪虽相交，也难把宋金融为一起。
只有那空中的鸥鹭，真正无拘无束，
去北往南，都可以自由自在地高飞。

（三）

中原父老莫空谈[1]，逢着王人诉不堪[2]。

却是归鸿不能语[3]，一年一度到江南。

① 中原：指黄河下游地区。此指金人占领下的黄淮一带。莫空谈：再不要诉说。意谓南宋君臣苟且偷安，早已不想恢复失地；中原父老们就再不要向宋使诉说“不堪”了。这是反语。

② 王人：天子的使臣。此指南宋派往金国的使节。不堪：指在金人统治下不堪忍受的生活。

③ 却是：倒是。归鸿：南归的鸿雁。鸿雁，候鸟，夏季在东北、内蒙一带繁殖，秋季返长江下游及稍南地区越冬。

中原父老呵，千万莫要再发出空谈，
逢着宋使诉苦衷，南宋君臣哪会管！
倒是那南归的鸿雁，虽然不会说话，
却能一年一度啊，自由自在飞往江南。

这组绝句，是诗人淳熙十六年（1189 年）冬，奉南宋小朝廷之命，去淮河北边迎接金国派来的“贺正使”（互贺新年的使者）时

写的。这组诗感慨颇深，情调沉郁，使人深味到丧失国土、沦为异族奴隶的那种透不过气来的压抑之感。第一首，直抒南宋丢失大片疆土引起的“不佳”心情。北宋时，宋金的疆界在永定河上游的桑乾河，而今南宋丧失了千里中原沃土，距临安没多远的淮河中流以北，竟成了这个小王朝的“天涯”！有着强烈爱国心的诗人，身临此境，怎不感到羞辱！第二首，抒写山河破碎、人民不能自由过往淮河的悲哀。一条淮河，似乎成了天造地设之界，虽然中流“波痕交涉”，却无法使南北沟通。“亦难为”三字藏锋不露，却包含着对南宋小王朝的强烈谴责！第三首，以规劝中原父老再不要向宋使倾诉不堪金人奴役之类的话开首，抒发了诗人心中对那些只顾自己醉生梦死、不顾中原人民死活的南宋统治者的无比愤慨！诗末又以虽“不能语”、但却能“一年一度到江南”的归鸿与沦陷区人民相对比，寄寓了人不如归鸿的深沉感慨。这组绝句，寄悲愤于和婉，怨而不怒，感慨深沉，出语自然，是诗人忧愤国事诗中之佳作。

雪

尤　袤

睡觉不知雪[1]，但惊窗户明[2]。
飞花厚一尺，和月照三更[3]。
草木浅深白[4]，丘塍高下平[5]。
饥民莫咨怨[6]，第一念边兵[7]。

尤袤(mào)(1127～1194),字延之,号遂初居士,常州无锡(今江苏无锡)人。曾做过泰兴(今属江苏省)知县。当时金主完颜亮时犯泰兴,他亲率军民奋勇防守,保住了全城生命。他关心民间疾苦,后来当地吏民曾为他立生祠。官至礼部尚书兼侍读,耿直敢言,守法不阿。他与陆游、范成大、杨万里并称"中兴四大诗人"。但从流传下来的诗看,却比较平常。"无疵累,然亦无佳处。"(纪昀评语)比之陆、范、杨三家,其实相去甚远。

① 觉(jué):睡醒。

② 但:只,唯。

③ 和月:柔和的月光。三更:古代计时,一夜分为五更。由打更人敲击鼓梆等向人们报更。三更正值半夜。

④ "草木"句:意谓草木不论矮的高的,望去皆成白色。

⑤ 丘塍(chéng):土包和田间小路。

⑥ 咨(zī)怨:叹息,怨恨。

⑦ 边兵:守边的士兵。

不知天下雪,夜半忽梦醒;
只见窗户白,叫人心吃惊。
推窗向外望,雪厚一尺零,
有如皎皎月,照得三更明。
眼前草和木,长短皆晶莹,

远处丘与埂，高低一样平。
饥民寒更苦，但莫发怨声，
应先想一想，最苦是边兵！

这首诗描写了诗人夜半醒后所见的雪景以及由此而引起的感慨。一、二句先写惊知下雪，笔力超脱不俗。一个“惊”字，突出了飞雪无声潜入夜的悄然情状，照应了“不知”。三、四句写积雪之厚、光泽之亮，后者又照应了二句的“窗户明”——雪白如月光，方会如此。五、六句状写雪后草木之白，丘塍之平，又照应了三句的“厚一尺”。如此层层照应，如环相套，极力描绘了飞雪之大。雪大必然寒冷凛冽。于是末二句诗人自然会联想到大雪之中道旁乞讨的饥民和边境雪窖中的士兵。先感慨饥民的冻馁交加，生活维艰；但转念之间，诗人又规劝可怜的饥民莫要叹息怨恨，因为还有比他们更苦的边兵正在前线的风雪中挣扎！一抑一扬，更加深刻地揭露了南宋小朝廷民饥兵困、岌岌可危的凄惨景象。

春　日

朱　熹

胜日寻芳泗水滨①，无边光景一时新②。

等闲识得东风面③，万紫千红总是春。

朱熹(xī)(1130～1200)，字元晦，号晦庵，婺(wù)源(今江西婺源)人。他是宋代的大理学家。在哲学上发展了程颢(hào)、程颐理气关系的学说，建立了完整的客观唯心主义的理学体系，世称"程朱学派"。他的学说，后来一直成为封建地主阶级统治人民的理论工具。他学问渊博，著述甚丰，今传有《四书章句集注》等。在道学家中，他不像程颐那样认为"学诗用功甚妨事"，写景皆是"闲言语"；反而把不少"闲言语"写进诗中。诗风清新活泼，耐人寻味，有一定的文学价值。

① 胜日：原指节日或亲朋相聚之日。此指美好的晴日。寻芳：到郊外去观景赏花。类似"春游"、"踏青"。泗(sì)水：河名，在今山东省中部，流经曲阜。

② 光景：风光，景色。

③ 等闲：不经意，不觉得。识得：认识到，领略到。

晴和之日，观花赏景，来到泗水之滨，
呵，处处春光荡漾，顿觉耳目一新。
东风拂面，无意中领略到它的温柔，
万紫千红多姿多彩，一切都来自春。

帮你读

此诗从字面上看，历来都认为是游春、踏青之作。它生动地描述了诗人来到泗水之滨观春赏景的感受。先总述无限春光，使人顿觉耳目一新；再从触觉、视觉上分写自己对东风、春光的感受和认识。笔调清新活泼，不失为一首写景好诗（译诗即按此理解而来）。

但深究其意，此诗却是一首说理佳作。首句“寻芳泗水”（泗水在山东，此时已属金人占领，去泗水本不可能），暗含着他想像去孔门求圣人之道。因为，孔子曾在泗水设馆，教授弟子。此借泗水代孔门。后三句写他“寻芳”即求道之所见、所得：“仁”是性之体，“仁”的外现就是“生意”；得到了“仁”，就如自然界有了春，就会呈现“万紫千红”，“生意”无穷！由于此诗形象鲜明，情理生动，所以它瞒过了很多读者，使人们误以为是写景诗。赏析《春日》，人们可以认识到，朱熹不同于一般道学家。他重视写作的艺术技巧，敢于把写景这种“闲言语”大量用进诗中，寓哲理于比喻之中，所以其诗特别生动，富于理趣。

观书有感[①]

朱　熹

半亩方塘一鉴开[②]，天光云影共徘徊[③]。

问渠那得清如许[④]？为有源头活水来[⑤]。

讲一讲

① 观书有感：此诗原二首，今选其一。

② 鉴(jiàn)开：犹言开鉴，即打开镜子。古时镜子常用镜袱盖着，用时打开。鉴，镜子。

③ 徘徊：犹豫不决的样子。此指天光云影来回移动。

④ 渠：它。指方塘。许：此，这样。

⑤ 为：因为。活水：流动的水。

译过来

半亩方塘啊，如同明镜出匣闪闪发光，

里边映照着天光云影，来回飘拂荡漾。

我问池塘，为什么竟这样清澈、明亮？

因为源头上有股活水，向着这里流淌。

这首诗是写“观书”体会的。可能是作者读书时，开动脑筋弄通了某一问题或艰难道理后有感而作，自然属于说理诗。可是，诗人没有用一般道学家那种“语录讲义”式的枯燥说理方法，而是用源头有了活水，方塘才能清澈，照出天光云影的生动比喻，暗示人们一个哲理：只要思想不停滞僵化，胸中就会清澄明澈，就能正确地反映事物，一切困难也就可以迎刃而解。由于作者说理时，是让从自然界中捕捉到的形象本身来说话，所以能引起人们的审美情趣，并给人以哲理的启迪，却无枯燥乏味之感。陈衍称朱熹的“寓物说理”诗为“不腐之作”(《宋诗精华录》)，其原因也在于此。

除夜自石湖归苕溪(二首)[1]

姜　夔

(一)

细草穿沙雪半销[2],吴宫烟冷水迢迢[3]。
梅花竹里无人见,一夜吹香过石桥。

姜夔(kuí)(1155~1220),字尧章,号白石道人,鄱(pō)阳(今江西鄱阳)人。早岁孤贫,后移居湖州。一生不曾做官。与范成大、杨万里、辛弃疾等有交往。善诗,词尤有名。其诗讲究辞句修炼,而又流畅自然。

① 除夜自石湖归苕溪:此诗共十首,今选二首。除夜,农历十二月的最后一个晚上。石湖,在今江苏省苏州市西南。苕(tiáo)溪,在今浙江省湖州市,此代称湖州。苏州、湖州,均临太湖,可通船。

② 穿沙:从沙地里冒出来。销:通"消",消融。

③ 吴宫:春秋时,吴国建都在今苏州,那里有吴国王宫的遗址。此借代苏州。迢迢:遥远的样子。

江岸上积雪已大半融消，沙地也冒出小草，
船过吴宫遗址，只有寒烟笼罩，江水滔滔。
腊梅深藏在竹林之中，从来不曾向人露面，
可那淡淡的幽香，夜伴客船穿过无数石桥。

绍熙二年（1191 年）除夕之夜，诗人从石湖范成大的别墅乘船回湖州住所，在船上写下了这组七言绝句。这一首描述了苏州启程时之所见。前两句写归途远景。从天尚未黑时所见的“细草穿沙”上点出时令。不言除夕深冬，却预示早春将临，立意高妙。接着写船随水流，苏州已远远笼罩在冷烟之中，从动中写“归”。此番诗人在苏州石湖，拜访了知音范成大，可谓快事；但前两句中却流露出一种莫名的阴冷色彩，这正是诗人淡泊、幽冷个性的反映。后两句写归途近景。夜色之中，只见竹丛，不见梅影，但暗香流动，时时袭人，突出了梅的“可遇而不可求”的高洁品格。诗人正是在梅香的陶醉之中，不知不觉穿过石桥的。全诗梅为主景，却采用虚写，使人感到境界清幽，文如其人。如此写来，恰与诗人的个性、情趣相一致。这首七绝，写得十分精致，真正达到了他所说的“小诗精深，短章蕴藉”（《诗说》）的地步。

（二）

千门列炬散林鸦①，儿女相思未到家②。

应是不眠非守夜③，小窗春色入灯花。

① 列炬：点着一排排的蜡烛。散：惊散。

② 儿女相思：意为儿女思念着我。

③ 守夜：守岁。旧俗，阴历除夕终夜不睡，以待天明，叫“守岁”。

千门万户，红灯高挂，惊散了林边的睡鸦，

此刻啊，儿女们惦念着我：怎的还不到家！

他们肯定还都未睡，却不是为了年终守岁，

时光在等待中流逝，窗外春色已溶进灯花。

这首诗抒发了诗人身在外地，急切盼望能在除夕之夜与儿女家人团聚的心情。其写法巧妙之处，在于不直写自己对儿女的挂牵，而是通过对儿女灯前不眠的想像，反衬出自己的这种心情。诗末二句，想像入情入理，十分感人。小孩正值瞌睡多的年龄，若不为等候爸爸，哪会自觉地去熬夜守岁。等着等着，天色已亮，春色映进窗户。他们一会儿隔窗望望春色，无非是想看到爸爸的身影；一会儿看看灯花，正反映了他们期望灯芯结彩，预兆亲人归来的心理状态。春色、灯花，通过视觉保留作用，相溶相叠，可见儿女对爸爸盼望之切。儿女思念之心揭示得越深刻，诗人自己那似箭归心就反衬得愈动人。

元　夜[①]

朱淑贞

火树银花触目红[②]，揭天鼓吹闹春风[③]。
新欢入手愁忙里[④]，旧事惊心忆梦中[⑤]。
但愿暂成人缱绻[⑥]，不妨常任月朦胧[⑦]。
赏灯那得工夫醉[⑧]，未必明年此会同！

朱淑贞（1170年前后在世），号幽栖居士，钱塘（今浙江杭州）人，一说海宁（今浙江海宁）人。生于仕宦人家。相传她嫁给一个商人，不满婚嫁，抑郁而终。她擅长绘画，通晓音律，工于诗词，多表现幽怨感伤之情，风格清婉。后人常把她与李清照并称。

① 元夜：农历正月十五日，元宵节之夜。

② 火树：焰火。银花：花灯。

③ 揭天：冲天。鼓吹：吹吹打打的音乐声。鼓，动词，敲鼓。

④ 入手：到手，得到。

⑤ 旧事：往事。此可能指一对恋人曾因某种原因被迫分离的痛苦往事。

⑥ 但：只。缱绻（qiǎn quǎn）：情意缠绵，难舍难分。

⑦ 任：听凭。

⑧ 赏灯：看灯。醉，此指饮酒。

处处焰火、花灯，举目四望一片红，
震天箫鼓此起彼伏，搅乱阵阵春风。
谁料愁忙之中啊，偶得相逢的欢乐，
多少回醒时梦里，往事叫人心不宁。
只盼望，能成全我们间短暂的欢聚，
不妨让明月受点委屈，始终昏蒙蒙。
此刻啊，哪里有工夫去赏灯、饮酒，
担心明年元宵佳节，未必能再相逢！

这首诗以细致入微的笔触，描述了一对爱人在元宵之夜偶然相逢的复杂心境。愁忙之中不期相遇，这是欢；转念之间，痛苦往事涌上心头，又是悲。相逢难得，又怕人发现，只好希望月色始终朦胧，能多多成全他们；后会难期，所以对短暂相逢又无比珍惜，连赏灯、饮酒也无心情。短暂相聚的欢乐，更加衬托出相思之苦和幽怨之深。诗人选用正月十五欢腾之夜，去反衬人间婚姻的不如意，月圆人不能团圆！可谓匠心独运。如此描述，更能深刻暴露封建思想禁锢之下，青年男女婚姻不自由。在宋诗中，反映爱情题材者并不很多，《元夜》可谓其中之佼佼者。

题临安邸[①]

林 升

山外青山楼外楼，西湖歌舞几时休[②]？
暖风熏得游人醉[③]，直把杭州作汴州[④]！

讲一讲

林升（1180 年前后在世），临安人。生平事迹无从查考。

① 临安：在今浙江杭州。隋时为杭州，南宋迁都此地后，升为临安府。邸（dǐ）：旅店。

② 西湖：杭州著名风景区。休：罢休，停止。

③ 熏（xūn）：本指气味侵袭，此为“吹”。

④ 直：竟然。汴州：即汴梁，在今河南开封。是宋朝原来的京都。

湖周青山悠悠，重重楼阁望不到尽头，
处处轻歌曼舞呵，什么时候才会罢休？
柔暖的湖风，吹得达官贵人如同醉酒，
竟然把避难的杭州，当成了旧都汴州！

南宋小朝廷迁都杭州之后，对金人一味退让求和，根本不思恢复失土。那些达官显宦，相继在湖周经营宅第，整日游山玩水，沉浸在轻歌曼舞之中。几十年间，杭州如同北宋的汴州，成了这伙寄生虫的安乐窝。这首讽刺诗的一、二句，抓住最能反映统治集团醉生梦死的两件代表事物——楼阁遍地，歌舞不休，喊出了广大人民和爱国之士心中对南宋统治集团的强烈不满。三、四句不仅直接讽刺了统治者苟且偷安，忘却国难；而且含蓄地警告他们：如此腐败下去，临安总有一天也会像汴京一样，沦陷金人之手！全诗怒而不露，讥刺力极强！

新　凉

徐　玑

水满田畴稻叶齐[①]，日光穿树晓烟低[②]。

黄莺也爱新凉好[③]，飞过青山影里啼。

徐玑(jī)(1162～1214)，字文渊，号灵渊，晋江(今福建晋江)人，自其父时，移居永嘉(今浙江温州)。做过县官，他与三位同乡好友——徐照(字灵晖)、翁卷(字灵舒)、赵师秀(号灵秀)并称“永嘉四灵”，开创了“江湖派”。他们在做诗上主张学习晚唐的姚合、贾岛，尽量白描，极少用典。但在创作实践上，往往竭力炼字琢句，不免“资书以为诗”。“四灵”的诗，除少数有灵秀的意致外，大多意境淡薄。

① 田畴(chóu)：指田地。畴，已耕的田地。

② 晓烟：晨雾。

③ 新凉：入秋以后刚刚出现的凉意。

清水灌满田间，稻叶已经出齐，

朝阳穿过林梢，晨雾渐渐退去。

黄莺呵，也爱上这初秋的凉意，
在那青山的遮阴里，边飞边啼。

帮你读

这首诗描绘了刚刚立秋后，山村田野清晨呈现出的新凉景象。清凉本属触觉范围内的东西，要表现出来并不那么容易。但是，诗人把握住了视觉、听觉与触觉可以通感的道理，描绘了清水、稻叶，穿林的朝阳、将逝的晨雾，以及那专找树阴飞来飞去、婉转歌唱的黄莺，使人从看到、听到的色、声上，感受到新凉的无比愉快。此诗语言清新质朴，富有泥土气息，写景之中透出一股灵秀的意致，是“江湖派”不可多得的佳作。

题　壁[①]

无名氏

白塔桥边卖地经[②]，长亭短驿最分明[③]。
如何只说临安路[④]，不较中原有几程[⑤]？

① 题壁：写在墙壁上的诗。

② 白塔桥：桥名，在西湖南，由此可通往南宋京城临安。地经：地图，此指《朝京里程图》。

③ 长亭短驿（yì）：亭，邮亭，宋时每十里设一处。驿，驿站，供传递公文的人和过往官吏歇宿、换马的处所，每三十里设一处。长亭短驿，距离长短不等的交通点。

④ 如何：怎么。

⑤ 较：计算。几程：多少路程。

白塔桥边，卖里程图的声音叫个不停，
那图上，亭驿名称距离，标得真分明。
地方要员，你们为何只问怎么去临安，
却从不算算，北去中原能有多少路程？

帮你读

这是题在通往南宋京城临安官道上的一所驿站墙壁上的讽刺诗。作者不只悲叹中原沦陷，而且痛感人们早已将它忘却！诗的一、二句，通过对地图上所标官道交通站的描述，暗示南宋小王朝偏安江南，地盘何等狭小！三、四句对那些买了地图、谈论如何进京的地方要员提出质问，辛辣地讽刺了他们只知进京图谋升官，根本不思如何收复中原失地。全诗不作谩骂语，但却收到了冷嘲热讽之效，读之感到痛快淋漓！

频酌淮河水[①]

戴复古

有客游濠梁[②]，频酌淮河水。
东南水多咸[③]，不如此水美。
春风吹绿波，郁郁中原气[④]。
莫向北岸汲[⑤]，中有英雄泪！

戴复古(1167～约1250)，字式之，号石屏，台州黄岩(今浙江黄岩)人。一生不仕，长期浪游江湖，专力做诗。其诗早期受过“江湖派”的影响，后来又掺杂了“江西派”的风格。内容多指斥朝政国事，反映百姓疾苦，抒发爱国情感。在当时颇有诗名。

① 频：多次地。酌：此指舀水喝。

② 客：指作者自己。濠(háo)梁：濠水上的桥。濠水，在今安徽省凤阳县境内，是淮河的支流。梁，桥。

③ 东南：指南宋京城临安一带。因临近大海，水多带咸味。

④ 郁郁：气息强烈、旺盛的样子。中原：此指淮北金人侵占的广大地区。

⑤ 汲(jí)：打水。

外出游览，来到濠水桥边，
双手捧起淮水，喝个没完。
临安的水啊，总是有些咸，
不如这里水，喝下倍觉甜。
春风吹来，河面绿波闪闪，
犹如中原正气，滋润心田。
此刻啊，哪能再饮北岸水，
这里边，有着英雄泪斑斑！

这首诗前半通过诗人频饮淮水后的甘甜感觉，抒发了留恋淮河、思念中原失土的强烈爱国情感。三、四句先写“频酌”的次要原因：“水美”。五、六句接着写“频酌”的主要原因，是因为春风掀起的“绿波”，使人想起了北方遗民抗金的正气。诗句至此，自然会使诗人想到淮南南宋官员的苟安偷生，不由得怒火中烧。“莫向北岸汲，中有英雄泪”，实际是对南宋王朝不支持中原人民抗金斗争、致使无数爱国英雄泪洒淮河的妥协投降政策的愤怒谴责。从频饮淮水不足，到不忍再饮北岸水，文字波澜起伏。一起一伏，跌宕之中反映出诗人心情从爱到怒的变化，诗人的爱国情感也因此而表现得更为强烈。

淮村兵后[1]

戴复古

小桃无主自开花[2]，烟草茫茫带晚鸦[3]。
几处败垣围故井[4]，向来一一是人家[5]。

讲一讲

① 淮村：淮河两岸的村庄。兵后：遭受兵乱之后。

② 无主：没有了主人。

③ 烟草：笼罩着一片雾霭的荒草。带晚鸦：被黄昏时的群鸦环绕。带……，动词，被……环绕。

④ 败垣(yuán)：毁坏的矮墙。故井：指早先的村庄。井，有水井处为人口聚居之处。

⑤ 向来：以前。一一：一处一处。

小桃树失去了主人，孤独地开着花，
暮霭笼罩着荒草，四周飞旋着群鸦。
几处断墙残壁，围绕着往昔的村堡，
可从前这里啊，一片生气处处人家。

淮河，在南宋初期是宋金的军事分界线。贪婪残暴的金兵，屡次侵占淮河地区，烧杀抢掠。这首诗以沉重的笔触，描绘了某次金兵入侵浩劫后的农村惨相。时令是春天，但却满目疮痍，一片荒凉：暮霭荒草，群鸦飞旋，残垣败井；唯独一株山桃惨淡地开着，但却失去了主人（可能死于战乱，也可能逃亡他乡），更加孤寂。诗末"向来一一是人家"，如异军突起，提醒人们注意淮村今昔变化的原因，点明了诗题之"兵后"，道出了诗人对人民的爱，对侵略者的憎，对南宋统治者的恨！

狐　鼠

洪咨夔

狐鼠擅一窟[1]，虎蛇行九逵[2]。
不论天有眼，但管地无皮。
吏鹜肥如瓠[3]，民鱼烂欲糜[4]。
交征谁敢问[5]，空想“素丝”诗[6]。

洪咨夔(zī kuí)(1176～1235)，字舜俞，号平斋，于潜(今浙江临安县潜阳镇)人。进士出身，官至刑部尚书(主管国家法律刑罚的正职官员)、翰林学士。他是当时抨击政治黑暗的著名人物。其诗多有讥刺官吏、同情人民之作。诗风接近“江西派”，但也不乏杨万里式的新巧比喻。

① 擅：占有，占据。一窟：此指一方。

② 逵(kuí)：四通八达的大道。

③ 鹜(wù)：野鸭。吏鹜，像野鸭那样贪婪的官吏。此义从“吏抱成案，雁鹜行以进”(韩愈《蓝田县丞厅壁记》)演化而来。瓠(hù)：葫芦。

④ 民鱼：老百姓如同鱼一样。烂欲糜：快烂成稀粥了。比喻百姓被官吏糟蹋得不成样子。此义由成语“鱼肉乡民”以及“糜

烂其民”(《孟子·尽心》)之义变化而来。

⑤ 交征:竞相榨取。《孟子·梁惠王》:“上下交征利”(上上下下竞相追逐私利)。

⑥ 素丝:《诗经·召南·羔羊》有“羔羊之皮,素丝五纶”之句,故称《羔羊》为“素丝”诗。此诗前人认为是赞扬“在位皆节俭正直”的好官。

大小贪官明抢暗窃,好比狐鼠各占一方,
又如虎蛇心狠性毒,在大道上横冲直撞。
他们丧尽天良,哪里去管苍天有无眼睛,
一心只顾搜刮民财,弄得大地皮无草荒。
个个赛过贪婪的鸭子,肥得好像大葫芦,
可怜百姓任人宰割,烂如稀粥啊多恓惶。
上上下下竞相横征暴敛,谁敢过问一声,
要得见好官,只能去想那《羔羊》诗章!

洪咨夔是南宋时抨击弊政的著名人物。此诗是他讥刺朝政的一篇力作。诗中采用博喻的修辞方法,深刻揭露了贪官污吏那狐鼠般的狡诈和虎蛇般的狠毒本质。他们无法无天,贪得无厌,把百姓蹂躏得不成样子,而自己却中饱私囊,个个肥得赛过大葫芦!诗末发出慨叹:如今要找个《诗经》中颂扬过的好官,那不过是空想而已!一针见血地揭露出整个南宋王朝大小官吏相互勾结、盘剥百姓的黑暗现实。钱钟书先生指出："也许宋代一切讥刺朝政的诗里，要算这一首骂得最淋漓痛快、概括周全。"（《宋诗选注》）评价十分中肯。洪咨夔因受"江西派"的影响，此诗引典甚多，但他能精心剪裁融化，统之以意，所以并无生硬晦涩之弊。

盱眙旅舍[①]

路德章

道旁草屋两三家，见客擂麻旋点茶[②]。

渐近中原语音好[③]，不知淮水是天涯[④]！

讲一讲

路德章(1220 年前后在世)，生平事迹无从查考。

① 盱眙(xū yí)：今属江苏省，北临洪泽湖、淮河。

② 擂麻：用擀杖或擂钵将芝麻研碎。擂，研碎。旋：马上。点茶：泡上茶。当时的吃茶方法，在茶水中要放上芝麻末。

③ 中原：此指淮河以北的金人侵占区。

④ 天涯：天边。此指南宋控制区的北部边界。

路旁一排草屋，住着百姓两三家，

见有客来，擂碎芝麻急忙去冲茶。

靠近中原，那口音多么熟悉动听，

竟忘了眼前淮河，却是南宋疆界！

这首诗记述了诗人自己旅居淮河南岸的盱眙客店时的所见所闻，抒发了自己无限辛酸的亡国之恨。这种感慨，同杨万里那种“何必桑乾方是远，中流以北即天涯”的愤懑失望，同样具有强烈的爱国思想。但是，此诗妙在不从正面直接表达自己内心对割地求和的悲愤，而是从颂扬盱眙百姓具有近于中原人民的好客举动和动听乡音上，去抒发自己对中原失土的热恋之情。“不知淮水是天涯”，从表面看，似道出了他沉浸在“中原语音好”之后，突然对宋金国界的恍然大悟；其实，其中隐含的却是他对中原沦陷的痛惜和对南宋小朝廷卖国投降的愤激之情！诗风含而不露，但仔细品味却能感到诗人的爱国心犹如一股热流在诗中奔腾。

游园不值[①]

叶绍翁

应怜屐齿印苍苔[②]，小扣柴扉久不开[③]。
春色满园关不住，一枝红杏出墙来。

叶绍翁(1224年前后在世)，字嗣宗，号靖逸，龙泉(今浙江龙泉)人。长于七言绝句。属江湖诗派，但诗却写得含蓄蕴藉，富有情趣。

① 不值：没有遇到园中的主人。值，逢、遇。

② 应怜：应该爱惜。应，此处有推断之意。屐(jī)齿：木底鞋下前后两端的突出部分。苍苔：青苔。

③ 小扣：轻敲。柴扉：用树枝编做的门。

应该爱惜青苔，不要让屐齿把它踩坏，
轻轻地扣着园门，久久不见主人来开。
谁能关得住，那万紫千红的满园春色，
你瞧，一枝艳艳红杏从墙上探出头来。

帮你读

这首诗先写自己游园访友，因主人不在吃了闭门羹的扫兴，后写自己无意间发现探出墙头的艳艳红杏的兴奋。一抑一扬之间，暗寓了许多道理。一是景中寓人：园子的主人是一个无心名利、懒于社交，却声名在外、令人仰慕的人。二是景中寓理：一切新生的、美好的事物，都如出墙红杏一样，具有顽强的生命力。描述红杏，在唐宋诗中并不鲜见。北宋词人宋祁的“红杏枝头春意闹”(《玉楼春》)的名句，曾使他赢得“红杏尚书”的美名。但就其整首词而论，下阕却充满了追欢逐乐的庸俗情趣，远不及叶诗情趣健康。陆游也有“平桥小陌雨初收，淡日穿云翠霭浮。杨柳不遮春色断，一枝红杏出墙头。”(《马上作》)但与叶诗相比，陆游的次序是由大景写到小景，从“平桥”、“小陌”、“淡日”、“翠霭”、“杨柳”等大自然风光的面上，突出“红杏”这个点。叶诗的次序则是由小景暗寓大景，“一枝红杏”、“关不住”、“出墙来”，可想而知大景“满园春色”那种百花争艳的景象该是何等的壮观！比之陆诗，此诗含蓄蕴藉，更有无穷韵味。

田　家

华　岳

鸡唱三声天欲明，安排饭碗与茶瓶①，
良人犹恐催耕早②，自扯蓬窗看晓星③。

华岳（1225 年前后在世），字子西，号翠微，贵池（今安徽贵池）人。他是“武学生”（专门教习军事的学校中的学生）出身的爱国志士。读书时曾上书朝廷，清除奸臣韩侂胄，而被下狱。后又策划反对奸臣史弥远，而遭杖杀。一生关心国事，比较接近人民。其诗内容充实，风格粗豪。

① 茶瓶：茶罐之类。

② 良人：古时妻子对丈夫的称呼。犹恐：还担心。

③ 蓬窗：茅草篷（茅屋）上的窗子。晓星：天快明时东方天上的星。看晓星是为了观察星象估计天亮时间。

雄鸡叫过三遍，约摸天色快要明，
妻子安排好食具啊，准备将饭盛。

丈夫仍怕催耕早，去迟受罚挨整，
急忙扯起窗户，看了看东方晓星。

《田家》共十首，这里选的是第四首。此诗以通俗朴实的语言，描述了一对雇农夫妇未明即起，准备下地时的紧张不安情景。妻子勤劳，“鸡唱三声”，就紧张忙碌地安排好饭、茶，叫起丈夫；然而，丈夫仍然惴惴不安，担心地主催工早，去迟了要受罚，爬起床来先拉开窗户，察看星位，判断准确时间。短短四句，真实地反映了地主催耕的残酷。地主采取延长耕作时间来加重剥削，雇农怕迟去挨打，心中紧张不安。此诗细节真实具体，生活气息浓厚。

乡村四月

翁　卷

绿遍山原白满川①，子规声里雨如烟②。
乡村四月闲人少，才了蚕桑又插田③。

翁卷（约1243年前后在世），字灵舒，永嘉（今浙江温州）人。一生布衣，不曾做官。“永嘉四灵”之一。擅长五言律诗，注重辞句、音律的修饰，但气魄不大。

① 白：指河水上涨，白茫茫一片。

② 子规：杜鹃。雨如烟：黄梅季节，细雨濛濛的样子。

③ 了：了却，做完了。插田：插秧。

高山平原碧绿一片，水光闪闪满河川，
杜鹃声声叫不停，细雨濛濛似雾如烟。
乡村四月，一片繁忙，哪有闲人游转，
刚刚采桑喂罢蚕啊，又得插秧下水田。

这首诗描述了江南水乡初夏的美丽风光和雨中农事的繁忙艰苦。前两句写自然景象。子规叫，烟雨飘，写出了黄梅时节的特色。“绿”、“白”两个形容词活用，恰当不过地展示了大自然的神奇力量。“子规声”，正是催耕催种的叫声，自然起到了引入三、四句的作用。三、四句写农事的繁忙。第三句概括写，第四句具体写。家中刚放下养蚕，又得下田插秧，补足了上句“闲人少”之意。此外，“蚕桑”一词，照应了第一句的“绿遍山原”；“插田”一词照应了“白满川”，构思可谓严密。语言纯用口语，明白易懂，避免了“江湖派”竭力炼字琢句的弊病。

戊辰即事[①]

刘克庄

诗人安得有青衫[②]？今岁和戎百万缣[③]。
从此西湖休插柳，剩栽桑树养吴蚕[④]。

刘克庄（1187～1269），字潜夫，号后村居士，莆田（今福建莆田）人。官至龙图阁学士（皇帝侍读，荣衔），但因受当权派的压制，政治上长期不得意。他是江湖诗派中最著名的诗人，其诗初期受过“四灵”的影响，但因身处南宋末年国难之际，颇有些关心国家命运和人民疾苦之作。风格豪放，近于陆游。

① 戊辰：为宋宁宗嘉定元年（1208 年）。两年前，宋兵攻金大败，遣使议和，议定当年犒赏金兵白银三百万两。次年，和议告成，议定以后每年南宋向金国缴纳“岁币”三十万两，绢三十万匹。“即事”，即指就此事有感而赋诗，亦叫“即兴”。

② 安得：哪里能有。青衫：从“青衿”演化而来，是读书人穿的一种衣服。

③ 和戎：与金人议和。戎，泛指古代分布在边地的少数民族。此指金人。缣（jiān）：细绢。

④ 剩：留出的地方。吴蚕：苏杭一带也是著名的产丝之地，

故说“吴蚕”（吴地养的蚕）。

可怜的诗人啊，哪里能穿上青衫？
今年与金议和，百万细绢送戎蛮。
从此西子湖畔，也不要再去插柳，
腾出空地栽上桑呵，多多养点蚕！

这首诗从“诗人安得有青衫”这一小问题着眼，去做大文章。诗人春天都不能换上件丝绸衫，普通百姓衣着的困境，便不言而喻。一、二两句从个人写到国家，深刻地揭示出由于南宋小朝廷连年向金国进贡百万细绢，早已弄得民穷财尽！三、四两句，提出在西湖边废柳栽桑的建议，一方面是对南宋王朝屈辱求和政策的大胆嘲讽；另一方面也是对统治者只顾在西湖边上寻欢作乐、置国计民生于不顾的委婉告诫。以诗说理，却不失之枯燥。

宋诗

蚕妇吟

谢枋得

子规啼彻四更时[①],起视蚕稠怕叶稀[②]。

不信楼头杨柳月[③],玉人歌舞未曾归[④]。

谢枋(bìng)得(1226~1289),字君直,号叠山,弋阳(今江西弋阳)人。曾任江西提刑(主管所属各州司法、刑狱、监察,兼管农桑的官),举兵抗元。宋亡,改姓换名隐居福建一带。元朝统治者曾多次威逼他出来做官;福建省参政魏天佑为了邀功,曾将他强押入元都燕京,逼其做官,终绝食而死。他的诗伤时感世,有爱国思想。

① 子规:杜鹃。啼彻:一直叫到。

② 起:指蚕妇起床。稠:多而密。

③ 不信:意为简直叫人不敢相信。杨柳月:指西下的月亮挂在杨柳梢。

④ 玉人:美人。此指歌妓舞女。

杜鹃声声,直到四更前后还不停啼,

农妇起床忙看蚕，担心蚕多桑叶稀。
她哪里敢相信：残月已落进柳林里，
楼内的歌妓舞女，此刻啊还未休息！

这首诗描述了咫尺之间两种不同境遇妇女的辛酸生活。一边是陋舍之中的农妇，天还未亮，就得忧心忡忡地起床喂蚕；一边是高楼之内，歌女们陪伴着达官阔佬，像杜鹃啼叫那样强颜欢笑地唱着，彻夜不息。一边是劳作之苦，一边是蹂躏之愁！她们之间隔膜太深，互不理解，但同样都受着达官贵人的剥削和凌辱。此诗有如唐朝张璪画松，双管齐下，从两方面的强烈对比之中，戳穿了南宋王朝濒于灭亡之时的丑恶本质。

过零丁洋[①]

文天祥

辛苦遭逢起一经[②]，干戈寥落四周星[③]。

山河破碎风飘絮[④]，身世浮沉雨打萍[⑤]。

惶恐滩头说惶恐[⑥]，零丁洋里叹零丁[⑦]。

人生自古谁无死，留取丹心照汗青[⑧]！

文天祥(1236～1283)，南宋末年伟大的民族英雄和杰出的爱国诗人。字履善，又字宋瑞，号文山，吉水(今江西吉水)人。十九岁中进士第一名，官至右丞相，封信国公。元兵南侵，他亲自率兵浴血抗战。兵败被俘，在燕京(今北京市)被监禁三年。始终蔑视敌人的种种威胁利诱，最后从容就义。其诗从德祐元年(1275年)奉诏起兵抗战为界，可以分前后两期。前期诗歌，反映了他忧国忧民、渴望献身国家的思想；但也有不少应酬赠答的平庸之作。后期诗歌，反映了他从赴元营谈判，直至被捕入狱这一段惊心动魄的历程，表现了崇高的爱国精神和坚贞的民族气节，堪称南宋覆亡时期的一部"诗史"。诗风激昂慷慨，沉郁悲壮。

① 零丁洋：在今广东省中山县南。

② 遭逢：遇到（朝廷的选拔）。起一经：指因通晓“五经”（《易》、《书》、《诗》、《礼》、《春秋》）中的一经，考中状元，被朝廷起用做官。

③ 干戈：古兵器。此指代战争。寥落：荒凉冷落。指奉诏起兵中，为国捐躯者寥寥无几。含有对苟且偷生者的谴责。四周星：四周年（指从1275年奉诏起兵，至1278年被俘）。星，本指岁星（即木星），此指太阳。太阳自春到冬运行（实为地球绕太阳）一周，即为一岁（阳历的一年）。

④ 絮：指柳絮。

⑤ 身世浮沉：一生动荡不安。萍：浮萍。

⑥ 惶恐滩：原名黄公滩，在今江西省万安县的赣江中，水流异常险恶，为赣江十八滩之一。1277年，文天祥在江西空坑一带败于元军，曾从惶恐滩撤兵福建汀州。惶恐：惊慌。此指形势危急，并无胆怯之意。

⑦ 零丁：孤苦。此指身陷敌手，孤掌难鸣。

⑧ 留取：留得。丹心：赤诚的爱国心。汗青：史册。古人无纸，在竹简上记事。制竹简时，取来青竹，先用火烤出竹汗（水分）。这样处理，不仅易写，而且防蚀。所以，称竹简为“汗青”。

自从通晓一经被起用，历尽万般苦境，

寂寥冷落，孤军抗元，四年鏖战不停。

山河支离破碎，如同狂风吹散了柳絮，

一生动荡不定，恰似骤雨击打着浮萍。

曾记得惶恐滩头，诉说过兵败的惶恐，
到如今零丁洋里，又慨叹被俘的零丁。
从古到今啊，人生在世谁能免去一死，
只望留颗红心，把千秋史册照得通明！

祥兴元年(1278年)阴历十二月二十日，文天祥在五岭坡战败被俘。次年正月，元军强迫他随船去追击在崖山(今广东新会县南海中)的卫王赵昺(bǐng，南宋的最后一位皇帝)。这首诗就是诗人被押途中经过零丁洋时写的。当时元军遭到南宋抵抗，久攻不下。元军统帅、汉奸张弘范一再威逼文天祥写信招降正在海上抵抗的宋将张世杰。文天祥拿出此诗，坚表拒绝。张弘范无奈，只好作罢。此诗以正气浩然、掷地有声的语句，首先回顾了自己奉诏起兵"勤王"、领导抗元斗争的艰辛历程；次叹国家山河破碎，无法挽救，以及自己一生坎坷、遭遇惨绝；三写当年惶恐滩失败后撤兵的危险，以及今日被俘过零丁洋时的孤苦。二、三两联各自对仗极工，堪称诗史上之绝唱！最后，表明自己以国家民族利益为重、不以个人生死为念的生死观。气势磅礴，情调高昂，表现了诗人松贞霜洁的民族气节，成为千古名句，曾经唤起过后世无数志士仁人为了国家民族利益而英勇捐躯！

德祐二年岁旦[1]

郑思肖

有怀长不释[2]，一语一酸辛[3]。
此地暂胡马[4]，终身只宋民[5]。
读书成底事[6]，报国是何人！
耻见干戈里[7]，荒城梅又春[8]！

郑思肖(1241～1318)，字忆翁，号所南，连江(今福建连江)人。宋末具有坚贞气节的诗人。原是太学生，南宋亡后，隐居苏州古庙，题其室名为“本穴世界”(以“本”下之“十”，置于“穴”中，即“大宋”)；坐卧必南向，故自号“所南”，以示不忘宋朝。善画墨兰。其诗多表现民族气节和爱国情感。

① 德祐二年：1276年。德祐，南宋恭帝赵㬎(xiǎn)的年号。这年二月五日，南宋正式降元；三月，恭帝被元兵押解燕京。岁旦：正月初一。

② 怀：心事。长不释：久久不能放下。

③ 酸辛：悲痛。

④ 此地：指苏州。胡马：指元兵。

⑤ 宋民：大宋的百姓。

⑥ 底事：什么事。

⑦ 干戈：古代的兵器。此代战争。

⑧ 荒城：荒凉破败的城墙边。春：(开花)报春。

有桩心事啊，久久难以忘怀，
刚一启唇，泪水直淌心酸辛。
如今元兵南侵，暂踞在苏州，
可我矢志不移，只做大宋民。
当年在太学，读书再多何用，
朝廷危难，无力报国靠何人？
我最怕见那，硝烟战火之中，
城边梅开报春，令人羞难忍！

德祐元年(1275年)，诗人正居苏州。元兵南侵占领此地。次年正月初一，诗人写下《德祐二年岁旦》两首，这里选的是第二首。诗的首句，先提出“有怀”。“怀”什么？二句未答，只说此“怀”令人“酸辛”，使“怀”的内涵更加引人注目。接下去，三、四句向读者交代了一“怀”：终生矢志不移，只做大宋百姓；五、六句又告诉人们二“怀”：惭恨自己读书无用，无力拯救国难。诗人对祖国的热爱，对亡国的痛楚，溢于言表。末二句以“春”点题，收束全篇，表达了诗人逢春伤神，看到梅开报春，想到年复一年复国无望，万分羞耻。诗人长歌当哭，以迎岁旦，内容上固然在责备自己无力挽救亡国之危局，但其中也包含着对南宋王朝投降误国的不满。这是一首忧国伤时之作，字字是血，句句是泪，读之催人泣下。

利　州[1]

汪元量

云栈遥遥马不前[2]，风吹红树带青烟[3]。
城因兵破悭歌舞[4]，民为官差失井田[5]。
岩谷收罗追猎户[6]，江湖刻剥及渔船[7]。
酒边父老犹能说[8]，五十年前好四川[9]！

汪元量（生卒年不详），字大有，号水云，钱塘（今浙江杭州）人。他是南宋宫廷里的琴师。南宋亡后，他也被元人俘至燕京。《湖州歌》九十八首，抒写了他被俘后的见闻和感触，感情率真，风格朴素，有宋亡"诗史"之誉。后来做了道士，曾入川中，游庐山，以后不知所终。

① 利州：在今四川省广元县。

② 云栈：高入云中的栈道。栈道，在山腰凿孔，用木头架成的路。

③ 红树：枫树之类。带青烟：被青烟围绕着。

④ 悭（qiān）：过分省俭。此指缺少。

⑤ 官差：官府分派给百姓的差役。井田：家园和土地。

⑥ 岩谷：深山之中。收罗：指搜抓（壮丁）。

⑦ 刻剥:苛刻地盘剥(利税)。

⑧ 酒边:指酒柜旁边。父老:指年纪大的百姓。

⑨ 四川:宋代"川陕四路"的简称。包括益州路、梓州路、利州路、夔州路。

栈道入云天,路程遥远马儿不肯向前,
红叶在风中摇曳,枝头还萦系着青烟。
兵灾后州城破败,见不到昔日的歌舞,
官府四处拉差啊,百姓纷纷逃离家园。
搜抓壮丁,深山里的猎户也无处躲避,
盘剥利税,江湖之中的船家尚得纳捐。
酒柜边的老翁,饮过几杯后发出慨叹:
唉,五十年前那光景才真够上好四川!

这首七律是作者请求元统治者准许他"黄冠南归",做了道士后出游利州所写。它通过在利州途中和城内的见闻,真实地反映了元代统治者所犯的罪恶。元代以前,成吉思汗的四子拖雷在灭金中同时攻打南宋,曾由汉中进袭川西、川东。由于余玠的抵抗,一度受阻。拖雷的儿子蒙哥做皇帝后,又亲征四川,反被余玠击毙。直到元世祖至元十六年(1279 年),元统治者才镇压了四川军民的抵抗。五十余年中,四川遭到元兵严重破坏,城乡一片破败景象。《利州》首联写途中景物不殊,云烟笼罩,满目凄凉。颔联、颈联写百姓亡国之苦，城内破败不堪，再也见不到歌舞，百姓躲官差逃离了家园；遍地抓丁榨钱，连猎户、船家都无法幸免！尾联，诗人借利州遗民之口，说出了大宋天下与异族统治的对比，表示了对故国的深切怀念。此诗选取典型事例，真实地反映了宋元更替之际的社会现实，称做“诗史”，实非过誉。

过杭州故宫[1]

谢　翱

禾黍何人为守阍[2]，落花台殿黯消魂[3]。

朝元阁下归来燕[4]，不见前头鹦鹉言[5]！

谢翱(áo)(1249～1295)，字皋羽，号晞(xī)发子，长溪(今福建霞浦)人。早年无意仕进，闭门读书。景炎元年(1276 年)，文天祥进兵南剑州(今福建南平)时，他散家财，招乡兵，投奔了文天祥的“勤王”抗战队伍，任咨事参军。南宋亡后，一直藏匿民间。每年逢文天祥就义之日，他都要找个秘密地方进行哭祭。其诗多写亡国之恨，充满爱国情感。

① 过杭州故宫：原诗两首，此选第一首。杭州：南宋时的京城，当时叫临安。

② 禾黍：谷类农作物。守阍(hūn)：看守宫门。“何人为守阍”，意为还用得着什么人去干看门的事呢？

③ 黯消魂：暗自伤感。借江淹《别赋》“黯然消魂”句。

④ 朝元阁：唐朝宫殿中的一座阁名。在骊山，是唐玄宗与杨贵妃游宴的处所。此借代杭州故宫里的建筑。

⑤ 前头：指阁前。鹦鹉言：鹦鹉学人说话的声音。此句化用

唐朱庆余《宫词》“鹦鹉前头不敢言”句。

宫墟上长满谷物，再用不着看守宫门，
台殿遗址前落花无主，触目暗自伤神。
归来的春燕，寻找着往日的故宫屋檐，
飞来绕去，再也听不到鹦鹉学舌之音。

这首诗描述了诗人凭吊杭州南宋故宫时的所见。一、二句写故宫被毁后的荒凉景象：旧日华丽的宫殿，如今一片废墟，长满庄稼；台荒殿冷，落花无主。面对此景，怎不沉痛凄楚，暗自伤神！三、四句写归燕失巢，找不着旧日的伙伴鹦鹉。既渲染了满目疮痍、残败凄凉的气氛，又巧借归燕徘徊，抒发了自己亡国的感叹与惆怅。全诗托物寄情，触景兴悲，把写景与抒情有机地融合在一起，极好地抒发了一个抗金爱国战士缅怀故国、憎恨敌人之情。